KB165091

태어나줘서
고마워

일러두기 _____

이 원고는 3차 병원에서 산과 교수로서 겪은 실제 사례를 바탕으로 쓴 것이며, 구체적인 개인식별정보는 담고 있지 않습니다. 그럼에도 실제 사례의 주인공 분들께 감사의 마음과 더불어 양해의 말씀을 전합니다.

고위험 임산부와 아기,
두 생명을 포기하지 않은
의사의 기록

태어나 줘서 고마워

오수영 지음

다른

산부인과 의사이자
엄마라서

임신과 출산에 '실패'라는 말은 말아요

조산으로 어린 생명을 두 번이나 잃고 마음에 깊은 상처를 입은 산모가 있다. 2~3년이 지나 그녀는 엄마가 되고 싶은 마음으로 세 번째 임신을 맞았고, 기쁜 마음보다는 두려운 마음으로 병원에 왔다. 그리고 몇 번의 입원과 어려움이 있었지만 마침내 만삭에 건강한 아기를 낳았다. 당시 병원에서 고위험산모 입원치료실 개소를 기념한 동영상을 제작하는데, 이 산모가 기꺼이 인터뷰에 응해주었다. 난 이 산모가 어떠한 이야기를 했는지 몰랐는데 나중에 완성된 영상을 보니, 그녀는 두 번의 조산이 자신의 인생에서 실패로 느껴졌다고 했다.

'실패'라는 표현은 '성공'을 전제한 말이다. 그러면 과연 성공이란 무엇일까? 모든 만삭분만은 성공일까? 만삭으로 아무 문제없이 태어난 신생아가 성장하다가 발달장애 또는 뇌성마비로 진단된다면 이 임신은 성공일까, 실패일까? 삶에 과연 성공과 실패가 있는지는 모르겠지만, 임신과 출산에는 성공과 실패가 있을 수 없다는 것이 20년이 넘도록 분만을 담당한 의사로서 나의 소신이다. 이를 다음 두 산모의 이야기로 증명하고자 한다.

건강한 첫딸을 낳고 둘째 아이를 임신한 임산부가 있었다. 그녀는 임신 20주에 태아가 구순열이라는 진단을 받고 내게 왔다. 상담 뒤 우리 병원에서 분만을 하고, 아기는 본원 성형외과에서 수술을 받았다. 이 임산부는 다음 임신에서 다시 내게 오는데, 둘째의 안부를 묻자 이렇게 말했다.

"선생님, 둘째 안 낳았으면 큰일날 뻔했어요. 지금 둘째가 제일 예뻐요."

선천성 기형을 가진 아기를 분만하는 건 전혀 실패가 아니었다. 오히려 나중에 더 큰 기쁨을 주는 행복이었다.

이른 시기에 갑자기 양수가 터져서 32주에 첫째를 조산한, 젊고 예쁜 산모도 있었다. 아기 생후 6개월쯤 산모 부부를 다시 만났는데 그들은 이렇게 말했다.

"조산을 해서 안타까웠지만 더 감사하는 마음을 갖게 된 것 같아요. 그래서 그런지 아기가 더 예쁘고 사랑스러워요."

이른 주수에 양수가 터진 상황은 만삭분만이라는 관점에서는 하나의 실패라고 볼 수 있다. 그러나 부부는 건강히 자라는 아들을 보면서 더 행복해한다는 것을 확실히 느낄 수 있었다.

임신과 출산이 생리적인(physiologic) 과정인 동시에 병적인(pathologic) 과정이라는 것은 의학적으로 너무나 자명한 사실이다. 그렇기에 수많은 두꺼운 산과학 교과서가 존재하고, 지금 이 순간에도 조산과 임신중독증 등 여러 임신 합병증에 대한 기초 및 임상 연구가 많이 진행되고 있다. 그럼에도 임신 합병증이 생기면 이를 '실패'로 여기거나, 임신한 여성이 '내가 뭘 잘못해서 그런 것이 아닌지' 하고 자책하는 경우를 자주 목격한다. 이런 이유 중 하나는 임신과 출산에 대한 의학 상식을 배울 기회가 별로 없었기 때문이라는 생각이 든다.

한여름에 갑자기 천둥 번개가 치면서 소나기가 내리치

는 상황이 하늘의 '실패'가 아니듯(곧 더 맑은 하늘이 펼쳐진다) 적어도 임신과 출산의 과정에서 합병증이 생기는 것은 누구의 '실패'가 아니다.

'아는 것이 힘'이라는 말이 있다. 이 책을 통해서 임신 중 비교적 흔하게 발생하는 의학적인 상황을 되도록 모두가 알 수 있게 설명하려 했다. 그럼으로써 임산부들이 마주칠 수 있는 상황이 결코 실패가 아님을, 궁극적으로는 더 큰 행복이 될 수 있음을 알리고 싶다.

세쌍둥이가 태어나던 날에

"엄마, 병원이야?"

전화를 받으면 아이들은 이렇게 이야기하곤 했다.

지금도 둘째 딸의 청바지를 보면 그날의 기억이 생생하다. 해외 학회로 가는 출장이 아니면 사시사철 병원 콜을 받아야 하는 바쁜 엄마를 둔 탓에 아이들은 서운한 일이 많았다.

둘째가 초등학교 2학년 정도였을까? 당시 집안일을 도와주신 아주머니께서 '애가 지금 청바지가 마땅한 것이 없으니 주말에 꼭 사주라'고 말씀하셨다. 바쁜 병원 생활을 하느라 크는 아이들의 옷을 사줄 시간이 없었던 것이다. 오죽했으면 이를 답답하게 여긴 아주머니가 신신당부를 하는 상황이 벌어졌을까?

큰맘 먹고 주말에 백화점에 갔다. 순하고 내성적이었던 둘째는 청바지를 사기 위한 이 나들이 자체를 너무 좋아했다. 그런데 막상 백화점에 갔더니 도대체 몇 층에 아동복이 있는지 알기가 어려웠다. 유아복 매장은 쉽게 찾았고 청소년이 입을 옷을 파는 매장도 보였다. 초등학교 2학년에게 맞는 청바지는 어디에 있는 것일까?

한참을 오르락내리락하는데 병원에서 전화가 왔다. 조기진통으로 입원한 임신 24주 세쌍둥이 임산부가 갑자기 수술해야 하는 상황이 벌어진 것이다. 바로 병원에 가야 해서 둘째에게 지금 청바지를 사줄 수 없다고 말했다. 워낙 착하고 조용했던 둘째는 아무 말 없이 고개를 끄덕였지만 눈망울에는 서운한 마음이 넘쳐흘렀다.

그날 수술한 세쌍둥이는 신생아중환자실에서 오랜 시간에 걸쳐 치료받고 퇴원했으며 다행히 건강하게 자랐다. 병원 6층 신생아중환자실 앞에 이 잘 자란 세쌍둥이의 사진이 걸려 있는데, 이 길을 지날 때마다 그날이 생각난다. 그리고 백화점 에스컬레이터를 타고 내려올 때면 그날 둘째가 흘렸던 눈물이 떠오른다. 그래도 언젠가는 두 딸이 나를 이해할 날이 오겠지, 하면서 버틴 시간이 이제 15년이 넘는다. 엄마는 왜 맨날 늦게 들어오는 데다 새벽에 왜 그리도 병원에 가는지, 두 딸이 조금이라도 이해해주길 바라는 마음이 이 글을 쓴 두 번째 이유다.

이 책에 실린 글을 처음 쓰기 시작한 때는 2011년 6월이다. 고위험 임산부와 태아를 진료하면서 너무나 기쁘고 감동적인 순간도 많았고, 그만큼 힘들고 속상한 순간도 많았다. 이런 순간에 마음속에서 끓어오른 감정을 의학적 사실과 함께 틈틈이 적어두었다. 대부분의 글은 어떠한 일이 발생한 바로 그날 밤, 생생한 감정으로 키보드를 누르며 기억이 옅어지기 전에 쓰려고 노력했다. 아울러 임신에 관한 기본 의학 상식도 부록으로 정리했다.

언젠가는 책을 내리라고 마음은 먹었지만 바쁜 병원 일정으로 막상 실행에 옮길 엄두가 나지 않았다. 그러던 작년 겨울 우연히(나는 우연이 필연이라고 믿는다) 이 책의 편집자를 만나 드디어 두 딸과의 약속을 지키면서 마침내 산부인과 교수로서의 15년을 돌아볼 계기가 되었다.

부디 많은 사람이 이 책을 읽고 임신과 출산 그리고 모든 생명의 소중함을 다시 한번 생각하는 계기가 되기를 바란다. 혹시 청소년들이 이 책을 읽고 자신이 태어나기까지 얼마나 많은 우여곡절을 겪었는지, 또한 엄마를 이렇게 힘들게 하고 나온 자신이 얼마나 귀한 존재인지를 느끼길 바란다면 지나친 욕심일까?

2020년 5월

오수영

청바지를 사주지 못하고
병원에 가야 했던, 그날의 수술
밤낮없이 병원을 오가야 하는 나를
두 딸이 조금이라도 이해해주길

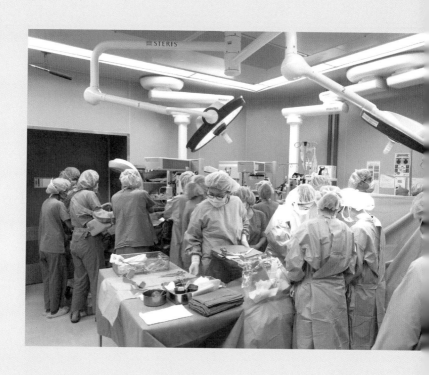

산부인과 의사의 딸이라서

— 이민영

"괜찮을 거예요. 당황스러우실 수도 있어요. 그래도 괜찮다고 생각하세요. 괜찮아요."

의사의 부드럽고 안정된 목소리가 방 안을 감쌌다. 자신의 배를 감싸고 걱정 가득한 얼굴로 앉아 있던 임산부는 의사의 따뜻한 목소리에 점차 안정을 되찾았다. 곧 얼굴에 옅은 미소가 번진 임산부는 "정말 감사합니다"라고 말하고는 의사의 방을 나갔다.

깊은 한숨. 시간은 이미 밤 11시 50분이었다. 의사는 의자에 몸을 기대며 기지개를 켰다. 그리고 책상 위에 흩어진 임산부들의 기록을 찬찬히 살펴봤다. 여러 생각이 오갔지만

12

기록과 펜을 가방에 담은 뒤 휴대폰과 차 키를 들고 서둘러 방을 나왔다.

어떻게 운전했는지조차 기억하지 못하는데 정신을 차려보니 그녀는 아파트 앞에 서 있었다. 어두운 통로를 지나 엘리베이터를 기다렸다. 그러다 "지하 2층, 올라갑니다" 하는 소리에 정신이 확 들었다. 깜빡 잠이 들었던 것이다. 녹초가 된 몸을 겨우 이끌어 22층으로 가는 버튼을 눌렀다.

무서울 정도로 조용하고 어두운 집이 그녀를 기다렸다. 구두를 벗자마자 무거운 가방을 내려놓지도 않은 채 작은 방의 문을 열었다. 어두워서 잘 보이진 않았지만 그녀는 열일곱 살 여자아이가, 자신의 몸에는 이미 너무 작아진 담요를 두른 채 잠든 모습을 지켜보았다. 언제 이렇게 큰 건지 모르겠다고 생각하며 한참을 지켜보다가 방문을 닫았다.

눈을 떴다. 나는 자고 있지 않았다. 엘리베이터가 22층에서 멈추는 소리가 난 순간부터 다 듣고 있었다. 또각또각하는 구두 소리가 나자마자 바로 그 소리가 엄마의 발걸음 소리라는 걸 알았다. 휴대폰을 확인하니 시간은 새벽 12시 40분. 엄마는 오늘도 늦었다.

엄마는 예전부터 쉴 틈 없이 바쁜 사람이었다. 서울에

있는 큰 대학병원의 유일한 여자 산부인과 교수로서, 날마다 새벽이면 집을 나선 뒤 밤이 깊어야 들어오곤 하셨다. 내가 초등학생일 때, 부모님 사인을 받아야 할 가정통신문이 있어도 엄마에게 직접 전할 수 있었던 적이 없었다. 항상 가정통신문은 엄마의 화장대 위에 놓아두었다. 그리고 아끼는 반짝이 스티커들을 붙여서 엄마가 새벽에 돌아와 침대에 몸을 던지기 전에 그 가정통신문을 잊지 않게 했다.

그러다 기숙사가 딸린 용인의 한 고등학교에 가게 되면서 더 이상 엄마의 구두 소리는 듣지 못했다. 엄마는 당연히 이전처럼 바쁘셨고 나도 공부와 유학 준비로 바빠졌다. 숙제와 시험으로 정신이 없을 때, 다른 친구의 엄마들은 친구들을 많이 도와주는 것 같았다. 학교에서 열리는 입시 설명회에 자주 오셔서 양손 가득 간식거리와 필요한 교재 등을 친구들에게 사주셨다. 고등학생인 내가 엄마에게 바라는 것은 가정통신문 사인보다 조금 더 큰 것이 되었다.

그래서 매번 엄마에게 전화를 걸어 내가 필요한 것들을 하나하나 이야기했다. 어떠한 교재를 주문해야 하는지 말했고 이제 고등학교 3학년이니 엄마가 입시 설명회에 한 번쯤은 오셔야 한다고 했다. 그리고 매주 금요일 밤, 내가 원하는 시간에 용인의 기숙사에 나를 데리러 오라고 했다. 긴 이야기가 끝나면 엄마는 항상 작은 목소리로 "알겠어"라고만 대답했다.

어느 날 내가 한 달 전부터 주문해달라고 한 영어 원서가 도착하지 않아 수업시간에 선생님께 꾸중을 들었다. 수업이 끝나고 복도로 나와 바로 엄마에게 전화했다.

"어머. 미안해, 민영아. 완전 까먹고 있었어. 지금 사면 너무 늦어?"

짜증나서 그냥 전화를 끊었다. 한숨이 나왔다. 놀랍지도 않았다. 곧 엄마는 문자로, 언제 데리러 가면 좋을지 물었다. 야자할 거니까 11시 이후에 오라고 퉁명스럽게 답장했다. 다시 도착한 문자. "너무 늦으면 운전하기 힘든데… 알겠어, 갈게."

그날 밤 11시가 거의 다 되어 기숙사 앞에 도착했다는 엄마의 문자가 왔다. 나는 몇 문제를 더 푼 뒤 가방을 싸고 내려갔다. 기숙사 앞에 주차된 큰 차들 사이에서 엄마의 작은 자동차만이 혼자 깜빡이를 켜고 있었다. 그런데 차에 다가가며 안을 쳐다봐도 엄마가 없었다. 걱정스러운 마음으로 조수석 문을 열었는데, 엄마는 운전석 시트를 뒤로 젖힌 채 자고 있었다. 인기척에 깬 엄마는 반쯤 뜬 눈으로 나를 쳐다보더니 곧 입가에 미소를 띠었다.

"민영이! 보고 싶었이."

핸들을 쥐고 깜깜한 고속도로를 달리면서, 엄마는 새로 산 안경을 가져오지 않아 밤길이 잘 안 보인다고 중얼거렸다.

"이번에도 기숙사 일찍 돌아갈 거야?"

"당연하지. 내일 점심 먹고 바로 다시 데려다줘. 곧 AP시험이라 준비해야 돼."

"집에서 조금 쉬어도 될 텐데."

한 시간쯤 걸려 집에 도착했다. 구두를 정리하면서 엄마는 내게 집보다 더 좋아하는 곳이 있냐고 물었다. "아니" 하고 짧게 답했다. 그리고 곧 있을 진학 상담에 대해 상의할 게 있다고, 내 방으로 오시라고 했다. 엄마는 이번에도 가방을 놓지 않은 채 들어와, 내 침대 한켠에 걸터앉았다. 나는 노트북을 보며 가고 싶은 대학들에 대해 이야기했고, 엄마는 나를 바라보면서 열심히 듣고 있었다.

몇 분 뒤, 더 이상 엄마 쪽에서 아무런 반응이 느껴지지 않았다. 노트북에서 얼굴을 들어보니 엄마는 잠들어 있었다. 나는 엄마를 깨웠다. 엄마는 몸을 더 웅크리면서 다 듣고 있다고 했다. 나는 엄마가 거짓말을 하고 있는 걸 알았다. 나는 조금 더 이야기하다가 이내 노트북을 닫았다.

정적. 이번에는 엄마가 몸을 움직이지 않았다. 엄마의

조용한 숨소리만 방 안을 겨우 채웠다. 엄마를 쳐다봤다. 엄마의 눈에는 지우지 못한 마스카라와 피로가 섞여 있었다. 몸은 나의 것보다 한참 작았고, 평소보다 더 작게 웅크려져 있었다. 엄마의 작고 앙상한 손은 몇천 명의 아이를 탄생시킨, 그 손이었다.

엄마가 너무나도 바쁘고 피곤한 사람이라는 것을 나는 그 누구보다 잘 알았다. 하지만 아직 고등학생이라는 이유로 엄마에게 아이처럼 계속 더 많은 것을 원했다. 엄마가 나를 데려다주고, 내가 필요한 것에 관심을 가져주고, 무엇보다 내 이야기를 들어주었으면 했다. 나는 엄마의 이야기를 들어주지는 않은 채로. 엄마는 항상 임산부들에게 괜찮다고 위로했겠지만, 엄마 자신은 괜찮지 않았다. 나처럼 엄마도, 엄마의 이야기를 들어줄 사람이 필요했다. 의사로서, 아내로서, 그리고 엄마로서. 자신 대신 딸의 이야기를 들어주기 위해 엄마는 가냘프고 지친 몸을 이끌고 매주 내가 있는 곳으로 와준 사람이었다.

나는 잠들어버린 엄마의 손을 꼭 잡았다. 엄마는 잠결에 내 손을 더 꼭 쥐었다.

"엄마, 더 쉬어야 해."

부록 | 의학 상식

1부

너의 이름은

기적, 축복, 사랑

총알택시를 타고 수술장으로

"아기 태명이 뭐예요?"

"만출이요."

"네…?"

"만삭에 출산하라고 만출이라 지었어요."

그렇다. 그녀는 지난번 임신 때 아주 이른 조산으로 아기를 잃은 가슴 아픈 기억이 있었다.

우리가 처음 만난 것은 그녀가 개인병원에서 자궁경부 봉합수술을 받은 뒤 조기진통이 발생해 모 대학병원으로 이송되었다가 신생아중환자실 사정으로 우리 병원에 전원되면서였다. 당시 임신 주수는 24주 2일이었고 진통이 조절되지 않아(이미 자궁내감염이 심했다) 전원 당일 분만이 이뤄졌다. 700그램 남짓한 신생아가 태어났지만 아기는 결국 심한 패혈증으로 생후 13일 만에 하늘나라로 갔다.

이 일로 트라우마가 심했던 그녀는 이번 임신으로 다시 우리 병원을 방문했을 때 그냥 근처에 오피스텔을 잡아서 병원에 자주 오가면 어떻겠냐고 두려움과 근심에 찬 얼굴로 내게 물었다. 나는 전혀 그럴 필요가 없다고, 남편과 떨어져서 혼자 오피스텔에 있으면 정신적으로 더 힘들어서 조산하게 될 수도 있다고 설명했다. 또한 조산 예방을 위해서 자궁경부봉합수술보다 약물 치료(프로제스테론)만을 권했다.

두려운 24주가 지나고, 34주가 지나고, 마침내 39주. 진통으로 만삭에 아기를 출산하기 직전의 순간에 이르렀다. 진통의 간격은 3분 정도. 한 번 힘을 주자 아기 머리가 많이 보였다. 하지만 아직 나오지 않았고, 다음 진통을 기다리는 3분은 생각보다 매우 길다. 이 시간에 나는 그녀의 남편에게 태명이 무엇인지 물은 것이다.

드디어 오후 4시 50분, 건강한 남아가 나와 그동안 마음고생한 엄마, 아빠에게 보상이라도 하듯 예쁜 울음을 지었다. 출산 뒤 산모는 약간 창백해 보였지만 자궁수축도 좋고 자궁 경부의 열상도 없었다. 일단 응급 빈혈검사와 초음파검사 등을 시행하고 산모의 상태를 면밀히 관찰하자고 팀에 이야기한 다음 분만장을 나와 산모의 남편을 만났다. 남편은 두 손을 들고 아기의 탄생을 기뻐했고 나도 두 손을 들어서 화답했다.

　오후 5시 반부터 7시는 직장맘인 내게 늘 치열한 시간이다. 이 짧은 시간에 아주 많은 일을 한다. 오늘은 지도교수님을 포함해 몇몇 선생님과 강남역 근처 식당에서 송년회를 갖기로 예정되어 있었다. 오후 5시 50분에 병원을 나왔고 집에 도착한 때는 6시 15분이었다. 가스레인지 2개를 동시에 켜고, 한쪽에는 냉면을 삶고 한쪽에는 불고기를 구웠다. 거의 15분 만에 중학생인 둘째가 학원 가기 전에 먹을 수 있도록 식사를 차려놓고 지하철역으로 총총걸음을 했다.
　신천역에서 지하철을 탄 순간, 6시 39분에 우리 팀 치프에게서 전화가 왔다. 검사 결과를 보니 산모의 빈혈이 심해져 중환자실로 옮겨야 할 것 같다는 내용이었다. 어딘가에서 출혈이 일어났을 가능성이 있으므로 영상의학과에서 혈관색전술을 준비하기로 했다(일반적으로 이러한 상황에서 색전술로 지혈을 하면 안정되는 경우가 대부분이긴 하다). 강남역에 내리자 오후 6시 52분쯤 되었다. 계단에는 지하철을 타려는 사람들로 줄이 길게 늘어서 있었다.

6시 54분, 지상으로 올라오자마자 치프에게서 다시 전화가 왔다. 산모를 중환자실에 옮기고 혈관색전술을 준비하려는 순간, 갑자기 산모의 배가 점점 불러오고 혈압이 잘 잡히지 않는다는 것이었다. 복강 내 동맥출혈이 의심되는 상황. 당장 배를 열고 출혈 부위를 지혈해야 했다. 이 당시 실제 측정된 수축기 혈압은 37mmHg. 당연히 내가 다시 병원으로 돌아가야 했다. 문제는 어떻게 이 시간에 강남역에서 일원동까지 신속하게 갈 수 있느냐는 것이었다. 연말이라 강남역 일대는 더 복잡했다. 지하철을 다시 타기에는 줄이 너무 길었다. 게다가 중간에 3호선으로 갈아타려면 시간이 더 걸릴 게 뻔했다. 차가 없었기에 택시를 타는 수밖에 없었다. 마침 정차한 택시가 있어서 타려고 했더니 기사님은 지방 택시라 못 간다고 했다.

나는 강남역에서 택시를 기다리며 발을 동동 굴렀다. 혈압이 30/17mmHg까지 떨어졌다고 하니, 어레스트(심폐 정지) 직전이었다. 택시는 오지 않았다. 다시 그 지방 택시 기사님에게 가서 "제가 산부인과 의사인데 지금 가지 않으면 사람이 죽습니다"라고 말하며 태워달라고 애원했다. 그러나 서울에서 영업하면 불법이라며 끝내 태워주지 않았다.

택시를 잡을 수 없다면 방법은 하나였다. 그냥 히치하이 킹하듯 일반 차를 세워서 부탁하는 것. 차도로 나가 손을 흔 들었지만 산속 외길도 아니고 강남역 사거리에서 손을 흔드 는 여자를, 사람들은 당연히 택시를 잡는 사람으로 생각했을 것이다. 역시나 어느 차도 멈추지 않았다. 1분이 몇십 분처럼 느껴지는데 마침 승객이 내리는 택시가 10미터 앞에 보였다.

있는 힘껏 달려서 택시를 탔고, 병원으로 가자고 했다. 결국 택시를 탄 시각은 7시 4분이었다. 네비게이션을 켜보니 가는 데 38분이 소요되는 것으로 나왔다. 혈압이 잘 안 잡히 는 산모에게 38분은 도저히 버틸 수 없는 시간이다. 일단 병 원에 있는 전임의 선생에게 먼저 수술을 준비하라고 지시하 면서 마음속으로 기도했다. 임신 기간에 보였던 걱정스러운 임산부의 눈빛과 몇 시간 전 두 손을 들어 만세를 불렀던 보 호자의 밝은 얼굴이 겹쳐져 떠올랐다. 산부인과 의사에게는 인공지능보다 순간 이동 기술이 필요하다. 가끔 택시 기사님 이 험악할 만큼 빠르게 운전하실 때면 속으로 '아, 왜 이러실 까' 하고 불안했는데 그때는 말 그대로 총알택시처럼 운전해 주시니 너무 고마웠다. 병원과 계속 전화를 하는 상황을 이해해서인지 아니면 평소 운전 습관이신지는 알 수 없었지만 기사님 덕분에 20분 만에 병원에 도착할 수 있었다. 지갑을 여니 5,000원권 지폐 두 장이 달랑 있었다. 고맙다는 인사와 함께 돈을 모두 드리고 서둘러 수술장으로 갔다.

다행히 마취과에서 수술 전 준비를 위해서 중심정맥관(C line)을 잡고 있는 상황이었다. 5시 반에 내가 분만장을 나설 때와 너무나 다르게 산모의 배는 팽만되어 있었다. 배를 열어 보니 자궁동맥이 파열되어 있었고, 자궁 후벽으로 경부와 연결되는 부분도 거의 파열되어 출혈이 있었다(솔직히 정확한 원인은 알 수 없었다. 제왕절개수술도 아니고 질식분만을 한 것이므로 자궁동맥 파열은 그야말로 원인 불명이었다. 겨우 추정할 수 있는 위험인자는 전에 받은 자궁내막증 수술의 과거력 정도였다).

수술을 진행하는 1시간 반 동안은 어떻게 해서든 자궁을 지켜야겠다는 마음이었다. 그러나 자궁 후벽에 발생한 조직과 혈관의 파열 부분으로 자궁적출술을 할 수밖에 없는 상황이 되었다.

이토록 힘들었던 수술은 3시간에 걸쳐 잘 마무리되었다(수혈에는 적혈구 21개, 신선냉동혈장 12개, 혈소판 17개, 크리오프레시피테이트(cryoprecipitate) 5개로, 총 55개가 들어갔다). 산모는 혈압, 체온 등의 활력 징후가 호전되었고, 중환자실로 이동해 중환자의학과 선생님들의 치료를 받은 다음 하루 만에 병실로 올라왔다.

회진을 돌면서 나는 다시 한번 마음속으로 말했다. '살아줘서 고맙습니다'라고. 그리고 그날 총알택시 운전을 해주신 강남역의 택시 기사님에게도 '감사합니다'라고. 만약 강남역에서 그 택시를 타지 못했으면 어떻게 되었을까?

진심으로 모두에게 고마웠다. 단 한순간도 지체하지 않고 산모 옆을 지킨 우리 팀 전공의들, 다른 응급수술을 미루고 바로 마취해준 마취과 의료진, 임산부를 살려야겠다는 한마음으로 신속하게 도와준 우리 수술장 간호사들에게 다시한번 감사의 마음을 전하고 싶다.

접촉사고보다
여섯 배나 흔한 일

아침 출근길. 늘 가던 길을 가고 있는데 갑자기 '쿵' 하는 충격음이 울렸다. 안전거리를 확보하지 않은 뒤차의 실수다. 차를 갓길에 세우니 뒤차 운전자가 다가와 "많이 놀라셨죠" 하고 말을 건넸다. "네, 깜짝 놀랐습니다"라고 대답했다.

차 사고로 늦은 출근을 하고 분만장에 가보니 태아의 십이지장 폐쇄와 양수과다증으로 입원한 34주 임산부가 새벽에 양막(아기집을 둘러싸는 막)이 터지면서 자연진통이 시작된 상황이었다. 태어나 소아외과에서 수술받아야 하는 아기가 만삭을 채우지 못하고 34주에 조산으로 태어나게 된 게 안타까웠다. 하지만 한편으로 심한 양수과다증은 자연진통이 오지 않는 경우가 많고 유도분만에 대한 반응도 좋지 않은 편이라 제왕절개수술을 할 확률이 올라가는데, 자연적으로 양수가 터지면서 진통이 걸린 점은 산과적 관점에서는 고마운 상황이다. 더구나 임산부의 키는 170센티미터(일반적으로 키가 크면 순산 확률이 높아진다). 비록 양수과다증이 동반되어 수술 확률이 큰 것은 사실이지만, 이때 자연분만을 잘하면 둘째부터는 아주 순산할 수 있을 텐데…. 어떻게 해서든 자연분만을 할 수 있도록 도와주고 싶었다. 마침 분만 진통의 경과도 순조로워 임산부에게 "운 좋아요. 이제 진통 중반입니다"라고 말해주었다.

2시간쯤 지났을까? 외래에서 다른 고위험 환자의 초음파를 보고 있는데 12시 38분에 팀 치프에게서 전화가 왔다. 12시 35분에 이 임산부에게서 가로세로 10센티미터의 핏덩어리(질 출혈)가 3개나 나왔고, 갑작스러운 태아의 서맥(느린 맥박)이 발생, 분당 심박수가 60회대로(정상은 110~160회) 떨어진 채 5분 동안 회복되지 않는 상태라는 것이었다. 양수과다증에서 발생 위험도가 높은 태반조기박리(태아의 만출 이전에 태반이 떨어지는 상태. 태반이 먼저 떨어지면 아기는 엄마로부터 산소 공급을 받을 수 없어 몇 분 또는 몇십 분 만에도 잘못될 수 있다)가 발생한 것이다. 이 정도면 그야말로 '밀고 들어가는 초응급 수술' 상황이다. 수술 준비를 지시하고 분만장으로 달려갔다.

12시 45분에도 아기의 심박수는 여전히 60회대. 분만장 전공의와 간호사, 마취과 모두 분주하게 수술을 준비했다. 수술 시 사용하는 예방적 항생제에 대한 피부반응검사를 시행하고 소변줄을 끼는 등 5분 만에 준비를 마치고 분만장 수술장에 입실한 시각은 12시 50분. 51분에 확인한 아기의 심박수는 96회로, 계속 저하된 상황이었다. 이러한 초응급 상황에서는 부위마취, 즉 하반신만 마취하는 척추마취를 하기가 어렵다. 신속하게 아기를 꺼내기 위해 전신마취를 하기로 결정했다. 12시 57분에 임산부에게 기도삽관이 이뤄지고 전신마취가 시작되었으며 아기는 13시 1분에 2.4킬로그램으로 세상에 나왔다.

수술 소견에서 역시 심한 태반조기박리로 이미 탯줄에 피가 거의 없는 상태였다. 그러나 다행히 빠른 결정과 수술 덕분에 아기의 아프가점수(신생아의 상태를 평가하는 점수로 심박수, 호흡, 근긴장도, 자극에 대한 반응, 피부색 등으로 출생 뒤 1분과 5분에 평가한다. 이때 다섯 가지 지표가 모두 양호하면 10점이 된다. 일반적으로 아주 이르게 태어난 조산아는 미성숙함 때문에 낮은 아프가점수를 보일 수 있다)는 각각 7점, 9점이었으며 제 대동맥의 pH는 7.1로 아주 심한 산증은 아니었다. 아기는 신생아중환자실로 옮겨졌고 소아외과에서 십이지장 폐쇄에 대한 수술을 진행하기로 했다.

사실 이 임산부와 아기는 참 운이 좋은 편이다. 만약 태반조기박리가 새벽 3시에 일어났다면 아기의 운명은 어떻게 되었을지… 솔직히 생각도 하고 싶지 않다.

응급수술을 마치고 외래로 내려가 밀린 환자들을 보고, 오후 6시가 되어서야 병실 회진을 돌았다. 오늘 수술한 십이지장 폐쇄, 양수과다증, 태반조기박리 산모가 나를 보더니 하는 첫마디.

"선생님, 아까 많이 놀라셨죠?"

"운 좋아요"라는 이야기를 한 지 2시간 만에 벌어진, 26분간의 아수라장에 담당의사가 많이 놀랐을 거라고 걱정하는 이 산모는 기본적으로 담당 의료진에 대한 믿음이 강한, 내게는 VIP다. 대개 이런 일이 일어나면 시댁 또는 친정 부모들이 나타나서 '세상에 이런 경우도 있느냐, 깜짝 놀랐다, 미리 제왕절개수술을 했으면 이런 일이 없지 않느냐' 하며 자신들이 놀란 것을 표현하고 원망하는 경우가 많다. 그래서

"많이 놀라셨죠?"라는 그녀의 말이 신선한 물음으로 다가온 것이다.

　임산부와 일반인의 착각 중 하나는 모든 임산부와 태아를 기본적으로 정상이라고 생각하는 것이다. 이는 서울에서 365일 교통사고가 (경미한 사건을 모두 포함해) 100퍼센트 발생하지 않을 거라고 생각하는 것과 같다.

　태반조기박리는 일반적으로 약 200분의 1의 빈도로 발생하는 것으로 알려져 있다. 그러나 최근 우리나라 임산부의 고령화 등의 원인으로 실제 현장에서의 발생빈도는 점점 증가하고 있는 듯하다. 심한 양수과다증이 있는 경우 태반조기박리의 발생빈도 역시 증가한다. 그렇다고 양수과다증 임산부에게 모두 제왕절개수술을 시행하지는 않는다. 만약 그렇게 한다면 수술로 인한 위험성이 더 커질 것이다. 이는 서울 건널목에서 교통사고가 많이 나니까 모든 건널목을 없애고 지하차도를 만들자는 것과 같다. 지하차도를 만들면 계단을 오르내리는 번거로움이 있고 또 밤에는 인적이 드물어 겁을 내며 다녀야 할 수도 있다. 제왕절개수술은 자연분만에 비해 출혈, 감염, 색전증 등 각종 이환(罹患)이 3~4배 증가하는 번거로움이 있고 다음 임신에 드물지만 자궁파열, 전치태반, 태반조기박리 등 산과적인 병죄(病罪)의 온상이 될 수도 있다.

많이 놀랐는지 염려하는 산모에게 대답했다.

"아니에요, 분만장에서 이런 상황은 한 달에 한두 번 정도로 비교적 흔합니다. 우리는 늘 이렇게 응급수술하고 그래요."

그리고 속으로 생각했다. 서울에서 뒤차에 부딪히는 접촉사고를 겪을 확률보다 여섯 배나 흔한 일이라고. 그리고 이러한 응급 상황을 신속하게 진단 내리고 일사분란하게 움직인 분만장의 전공의들과 간호사들에게 감사하고, 나를 걱정해준 산모에게도 고맙다고.

✼

아기는 출생 3일째 십이지장 폐쇄에 대한 수술을 받았다. 조산아여서 치료 기간이 긴 편이었고 워낙 심한 십이지장 폐쇄로 약 일주일 뒤 다시 수술을 받았지만 태어난 지 40일쯤 되어 건강하게 퇴원했다.

임신과 출산은
다양하고 불공평하지만

어렵게 임신했거나 임신 합병증으로 당황하는 임산부와 그 가족에게 늘 하는 말이 있다.

"임신과 출산은 원래 다양하고 불공평한 겁니다."

산과적 병력 청취 항목은 여러 가지가 있지만 나는 특히 몇 년도에 결혼했는지를 중요시 여긴다. 오랜 난임 기간, 여러 번의 시험관 시술을 한 임산부일수록 조산 같은 산과적 합병증이 증가할 요소가 많기 때문이다. 그래서 주치의인 전공의들에게 맡고 있는 임산부들이 몇 년도에 결혼했는지 묻고, 모르면 '그것도 모르냐. 도대체 주치의로서 자격이 있는 거냐 없는 거냐' 하면서 혼을 내기도 한다(최근에는 괴롭힘 방지법 때문에 별로 혼내지 않는다. 사실 채찍이 줄어드는 만큼 당근도 감소하고 있다).

시험관임신 시도 일곱 번째에 임신에 성공한 이 임산부는 1995년, 즉 내가 결혼한 해와 같은 해에 결혼한 분이었다. 나이도 나보다 한 살 적고 흰 머리가 꽤 보이는, 그야말로 노산이었다. 임신 16주에 이른 그녀를 처음 만났을 때 나는 말했다.

"그럼 결혼 20년 만에 아기가 나오는 거네요. 아주 소중한 아기네! 잘해봅시다."

그러나 이후 경과는 그리 순조롭지 않았다.

그녀의 첫 번째 입원은 임신 16주, 질 출혈이었다. 다행히 3일간 입원하고 퇴원했다. 두 번째 입원은 임신 22주, 부분전치태반으로 인한 출혈 때문이었고, 아직 태아의 생존능력이 거의 없는 상태였다. 2주간 병원에서 안정 가료 뒤 다시 퇴원했다. 이후 외래에서 조심스럽게 지켜보다 임신 28주, 다시 질 출혈이 발생해 입원했다. 아직은 태아가 1킬로그램밖에 되지 않은 상태…. 아래쪽에 있는 태반에서 지속적으로 출혈이 일어나는 듯했다. 일주일간 안정하고 다행히 출혈이 없는 상태로 다시 퇴원했다.

그리고 임신 30주, 또다시 질 출혈이 발생해 네 번째 입원을 했다. 이번에도 일주일쯤 안정하고 퇴원하기를 계획했는데 입원 뒤 일주일이 지나니 이제 질 출혈이라기보다 핏덩어리 수준의 피가 나오기 시작했다. 부분전치태반에 태반조기박리가 의심되는 상황이었다.

조만간 조산하게 될 가능성이 상당했기에 이에 대비해 태어날 아기를 위한 폐 성숙 주사를 투여했다. 이는 조산이 임박했을 때 임산부에게 투여하는 스테로이드 치료로서 태아의 폐 성숙을 증가시켜 신생아 합병증을 줄이는 매우 중요한 산과적 치료 중 하나로 잘 알려져 있다.

초음파에서 관찰되는 태반 쪽의 출혈은 조금씩 증가하는 것처럼 보였고 그저께부터는 간헐적인 태아의 심박동 이상도 관찰되었다. 임산부는 '34주, 아기 몸무게 2킬로그램'을 목표로 언제하게 될지 모르는 수술 준비를 위해 식사 중간중간에 금식을 하면서 버텨나갔다(마취를 하려면 어느 정도의 금식 시간이 확보되어야 하는데, 언제 수술할지 모르기 때문에 마냥 굶을 수 없다. 그래서 차선책으로 식사와 식사 사이에 금식을 한다).

그런데 32주가 되는 날 새벽에 다시 상당량의 핏덩어리가 나오면서 태반조기박리가 의심되는 상황이 일어났다. 수술장에 들어가 하반신 마취가 된 임산부에게 이야기했다.

"그동안 고생 많았어요. 여태까지 많이 끈 거예요."

결혼 동갑내기 임산부의 눈가에서 겨우 한 방울의 눈물이 흘러나왔다. 결혼하고 20년, 불공평한 임신과 출산에 관한 세월을 보내며 이미 속으로 많은 눈물을 흘렸기 때문에 이제는 태어날 아기를 앞두고 단 한 방울의 응축된 눈물만 나온 것이리라.

어쨌든 수술은 잘 진행되었고 아기는 32주차에 태어난 여느 아기보다 훨씬 건강하게 나왔다. 아기는 엄마에게 들려주고 싶은지 힘차게 자발적인 울음을 시작했다. 대개 32주는 힘차게 우는 정도는 아닌데 이 아기의 첫울음은 35주에서 36주에 태어난 아기의 울음과 비슷했다. 아기의 탯줄은 내 엄지손가락 두께 정도였다(이런 튼실한 탯줄을 보면 기분이 좋다).

아기는 32주 신생아에게 대개 시행하는 기도 삽관도 하지 않고 자발호흡을 했으며 제2신생아중환자실로 입원했다(제1신생아중환자실에는 더 어리고 작은 아기가 입원하고 제2신생아중환자실에는 그보다 좀더 큰 조산아가 입원한다). 아기의 몸무게는 1.935킬로그램. 목표한 2킬로그램에 아주 조금 못 미치는 정도였다. 아기를 인큐베이터로 내려놓고 소아과에 인계

하며 말했다.

"95년도에 결혼해 처음 나오는 아기니 잘해주세요."

나는 1995년도 결혼해 이제 다 큰 딸이 있는데, 이 산모는 같은 해에 결혼해 이제 처음으로 엄마가 된 것이다. 이처럼 세상은 임신과 출산에 관해서는 불공평하다. 그러나 그 힘들었던 기간만큼 이 가족들에게 지금 태어난 왕자님은 비교할 수 없는 큰 기쁨을 안겨줄 것이다. 그 기쁨을 위해서 조금이라도 아기가 엄마 배 속에서 버틸 수 있도록 산과 의사로서 역할을 잘했다는 자부심에 뿌듯했다. 산모에게 쓰라고 했던 일기장에 이제는 아기의 사진을 더할 수 있도록, 주치의에게 찍으라고 했던 수술 장면을 이 결혼 동갑내기 산모에게 주었다.

아기는
엄마에게 들려주고 싶은지
힘차게 자발적인 울음을
시작했다

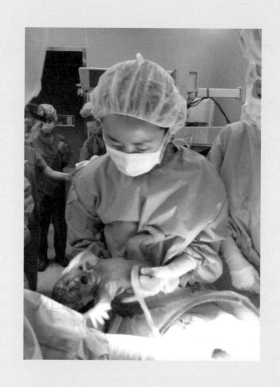

탯줄을 네 번이나
목에 감고 나온 기적

월요일 오전, 분당 모 병원의 선생님에게서 전화가 왔다.

"선생님, 33주인데 아기는 좀 작고 임산부는 태동이 줄었다고 해요. 폐에 물이 약간 차 있어요. 아무래도 보내야 될 것 같은데요….'

"아기 상태가 내일 외래로 와도 되는 정도인가요? 아니면 바로 분만장으로 오는 게 좋을까요?"

"음… 오늘 분만장으로 가는 게 좋을 것 같아요."

"네, 바로 보내주세요. 입원해서 볼게요."

한 시간 뒤에 이 임산부는 분만장에 왔고 입원했다. 곧장 시행한 초음파검사에서 아기의 움직임은 현저히 감소해 있었고 임산부는 지난 금요일부터 갑작스럽게 태동이 줄었다고 했다. 10을 기준으로 얼마로 줄었는지 물어보았다. 대개 10에서 7~8 정도면 금방 다시 증가되곤 하지만 반 이하로 감소하는 경우는 드물면서도 태아 상태가 위중한 경우가 많다. 임산부는 10에서 3으로 감소한 상태라고 했다. 이어서 태아에 대한 지속적 심박동 모니터를 시행했다. 처음에는 모니터가 좋지 않으나 산소를 주고 수액을 투여하니 꽤 호전되었다.

임신 33주, 태아의 예상 몸무게는 1.4킬로그램으로 자궁내태아발육지연은 비교적 심한 편이었다(33주면 보통 2~2.1킬로그램이다). 아기의 몸무게는 부모의 체격 등 다양한 요소에 영향을 받지만 그래도 1.4킬로그램은 대략 29~30주 사이의 평균 몸무게로, 아기는 많이 작은 편이었다.

처음에는 심한 자궁내태아발육지연으로 인한 태동 감소와 태아 상태 악화로 생각했고 34주 이전의 조산이므로 아기에 대한 폐 성숙 주사를 투여한 다음에 그 효과를 위해 하루 정도만 있다가 수술할 예정이었다. 그러나 약 한 시간 뒤 태아의 모니터는 다시 악화되었고 초음파에서 아기는 거의 움직이지 않아 바로 수술이 필요하겠다고 직관했다.

보호자에게 설명하고 서둘러 수술해 아기를 꺼내는 순간, 전문의 경험 15년을 통틀어 처음 보는 아기의 모습에 매우 놀랐다. 탯줄이 아기의 목을 네 번이나 꽉 끼도록 감고 있었다. 조산아 중에서 이렇게 탯줄을 많이 감고 태어난 생존아는 처음 보았다.

사실 아기가 목에 탯줄을 한두 번 감는 경우는 만삭아라면 흔하게 발생하고 별 임상적인 의미가 없다. 내 딸들도 탯줄을 감고 나온 걸로 기억한다. 진통이 생기면 아기가 엄마의 골반에 적응해 내려오면서 탯줄이 목에 걸리기 때문이다. 빈도는 거의 5명 중 1명으로, 아기 대부분은 나와서 잘 울고 아무런 문제가 없다.

그러나 만삭이라도 네 번 정도 심하게 감기면 대개는 진통 중에 태아의 심박동 이상이 생길 수 있다. 진통 중 의미 있는 심박동 이상이 생겨 수술을 해야 했고, 수술을 해보니 아기가 탯줄을 많이 감고 있었다고 되짚어서 진단되는 경우가 일반적이다.

또한 안타깝게도 확률적으로 아기가 엄마의 배 속에서 사산되는 경우가 약 200분의 1의 확률로 발생하는데, 이때 탯줄이 여러 번 엉키고 심하게 꼬이는, 쉽게 말해 탯줄 사고

(cord accident)가 원인으로 작용하기도 한다. 즉 만삭 또는 조산에 사산이 되었는데 아기가 나와 보니 탯줄에 심하게 감겨 있어서 이것이 사산의 원인으로 추정되는 경우가 드물지 않다.

심지어 자궁 속에서 탯줄이 묶여버릴 때도 있다. 이를 'true knot'라고 한다. 말 그대로 실이 묶이듯 묶이는 것이다. 태아는 온전히 탯줄에 의존해 엄마로부터 혈액과 산소를 공급받기 때문에 탯줄이 묶이면 혈액 공급이 되지 않아 몇 분 만에도 잘못될 수 있다. 간혹 아기가 건강하게 태어났는데 살펴보니까 탯줄이 묶여 있는 경우도 있다. 그러면 의사는 가슴을 쓸어내리고 산모와 보호자에게 아기가 정말 큰일 날 뻔했다고 이야기하게 된다. 나도 이런 이야기를 산모에게 여러 번 했는데 이를 귀담아 듣는 사람은 안타깝게도 별로 없는 것 같았다.

의학적으로 이러한 탯줄 사고는 예측할 방법이 전혀 없다. 만약 산전 초음파에서 진통 전에 탯줄을 목에 감고 있는 경우에 모두 제왕절개수술을 한다면 거의 4명 중 1명은 수술해야 한다. 제왕절개수술이 자연분만에 비해 출혈, 감염, 색전 등 이환율이 3~4배 이상 증가되는 것은 잘 알려져 있으므로 이는 당연히 좋은 선택이 될 수 없다.

비유하자면, 탯줄과 아기의 건강은 마치 고속도로를 달리는 자동차 같다고 할까? 악천후 때문에 사고 위험이 갑자기 커졌지만 그렇다고 고속도로를 벗어날 수는 없는 상황인 것이다.

탯줄을 네 번이나 감고 태어난 이 아기에게 매우 긴 탯줄의 길이가 악천후로 작용한 것 같았다. 수술을 끝내고 탯줄을 재보니 길이가 90센티미터였다(이는 매우 긴 길이다. 평균은 만삭아가 50센티미터 정도다). 이 탯줄은 아기의 목을 강하게 휘감아 저세상으로 데리고 가려는 나쁜 동아줄처럼 보였다. 결과적으로 이 아기는 자궁내태아발육지연 때문에 급격한 태동 감소가 있던 게 아니고 꽉 끼는 탯줄에 여러 번 감기는 사고 때문에 태동이 10에서 3으로 감소한 것으로 판단되었다.

자궁을 절개했을 때 아기의 얼굴을 보고 이런 생각을 하지 않을 수 없었다. 만약 월요일에 다니던 병원에 가지 않았더라면, 또는 월요일에 바로 분만장으로 전원되지 않고 다음 날 외래로 왔다면. 그랬다면 월요일 오후에 아기는 저세상의 문턱을 넘었으리라. 이 모습을 사진에 담아 산모와 가족들에게 보여주며 말했다.

"정말 다행이에요. 아기의 이름은 '기적'이나 '은혜'라고 지어야 할 것 같아요."

"정말 다행이에요.
아기의 이름은 '기적'이나 '은혜'라고
지어야 할 것 같아요."

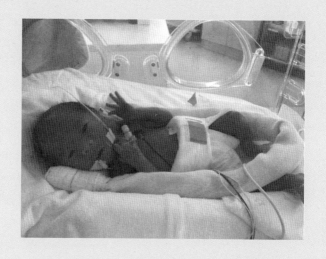

목과 몸에 엉킨 탯줄을 풀자 예쁜 첫울음을 들려준 이 고마운 아기는 신생아중환자실로 옮겨졌다. 몸무게 1.4킬로 그램으로 자궁내태아발육지연이 있었지만 자발호흡도 좋고 매우 좋은 경과를 보였다. 앞으로는 주로 몸무게를 늘리기 위한 경과를 안정적으로 보일 것 같다.

✻

출생 4일째, 2년차 전공의가
아기의 모습을 문자로 보내주며 덧붙였다.
"선생님, 사진을 찍는데 아기가 절 보고 반갑다고
인사하는 것 같았어요."

전력질주, 아기의 심박동이
멎었을지 모르지만

수술장 문을 열기 전, 숨을 골랐다.

주차장에 차를 대고 방까지 전속력으로 뛰어간 데다 수술복으로 갈아입자마자 다시 달려서 수술장에 도착하느라 몹시 가빠진 숨을 물리적으로 고르기 위해서였다. 한편으로는 분당 80회에 이른 비정상적인 심박동을 30분 이상 지속한 태아가 아직 살아 있을 것인가 하는 의구심을, 이미 심박동이 멎었더라도 수술 후 심폐소생술로 살리고자 노력하는 게 최선이라는 믿음으로 바꾸기 위한 숨 고름이었다. 그럼에도 내 심장은 분당 100회 이상으로 요동치는 게 느껴졌다.

이번 주는 학회 주간. 마침 올해는 내가 미국으로 연수 갔을 당시 멘토였던 교수님이 대한산부인과학회의 초청 강연자로 온 참이라 여러 선생님과 저녁식사 시간을 가졌다. 식사를 마치고 나오는데 분만장에서 전화가 왔다.

내 외래를 다니던 32주 임산부가 저녁식사 뒤에 위가 아프고 구토하는 증세로 심하게 체한 것 같다며 응급실에 왔다고 했다. 그래도 임산부라는 점을 고려해 바로 분만장에 올렸는데 초음파를 본 순간부터 태아의 심박수가 80회에서 정상으로 회복되지 않고 태반조기박리가 의심된다는 연락이었다.

분만장에서 처음 확인한 태아의 심박동 자체가 현저한 서맥을 보이니, 이 서맥이 과연 언제부터 시작된 것인지 알 수 없었다. 임산부의 복통과 함께 태반조기박리가 이미 발생했을 가능성이 크고, 그렇다면 이미 한 시간도 넘은 시간이리라.

수술장 문을 열고 드래핑(drapping. 수술을 위해 환자 위에 멸균포를 씌우는 행위) 하기 직전의 태아 심박동은 어땠는지 물어보았다. 당직 치프는 60회대였다고 답했다. 이는 태아의 것일 수도 있고, 아니면 이미 태아의 심박동은 멈춰진 채 임산부의 맥박이 확인된 것일 수도 있겠구나 생각하며 '메스'를 외쳤다.

그녀를 처음 만난 때는 2011년이었다. 다발성 근종(과거에 근종수술을 한 적이 있었지만 재발했다)과 자궁선근증이 동반된 임신으로 임신 21주 5일에 양막이 자궁 경부 밖으로 빠져나오는, 이른바 자궁경관무력증으로 만나게 되었다. 그때 응급자궁경부봉합수술을 했는데 약 열흘 뒤에 다시 양막이 빠져나와 재수술을 했다. 자궁경관무력증의 일부는 자궁내 감염과 관련된 경우가 많아서 일반적으로 이런 경우에는 재수술을 하지 않는 경우가 많은데… 당시 나는 임산부의 자궁경관무력증이 감염보다 자궁선근증으로 자궁이 잘 늘어나지 못해서 생긴 문제일 거라고 판단하고 재수술을 했다.

　　다행히 이 임신은 만삭에 제왕절개수술로 건강한 남아를 출산하는 해피엔딩으로 마무리되었다. 그리고 만 2년이 지나 동네 슈퍼에서 유모차를 끌고 가는 그녀와 마주쳤다. 알고 보니 같은 아파트에 사는 동네 주민! 두 번의 자궁경부봉합수술을 견디고 만삭에 태어난 아기가 건강하게 자라고 있는 모습을 보니 매우 기뻤다.

　　그리고 올 초에 두 번째 임신으로 다시 만나게 되었다. 이번 임신에는 임신 14주에 자궁경관봉합수술을 하고 비교적 안정적인 경과를 보였는데, 갑작스러운 태반조기박리가 발생한 것이다. 바로 5일 전에 산부인과 외래에 왔었고 당시 혈압, 심박수 등 모든 게 정상이었는데….

결국 지금 이 수술은 이 임산부에게 하는 다섯 번째 수술이다. 모든 일은 마무리가 좋아야 하는 법. 마지막 다섯 번째 수술이 사산, 신생아 사망 또는 신생아에게 뇌성마비와 같은 신경학적 후유증을 남길 수 있는 수술로 끝난다면 이는 모두에게 불행일 것이다. 다섯 번째 수술을 불행으로 마무리할 수 없기에 나는 논현동에서 병원까지 비상등을 켜고 많은 교통신호를 위반하면서 거의 시간당 100킬로미터 속도로 달렸다. 그리고 주차장에서 방, 수술장까지 있는 힘껏 뛰어온 것이다.

수술은 빨리 진행되었고 약 1.5킬로그램의 아기가 태어났다. 100회 미만의 심박수와 미약한 호흡만 보이며 축 쳐진 상태로 나왔지만(1분 아프가점수는 2점) 기도 삽관, 산소 투여 등 응급심폐소생술 뒤 심박수와 산소포화도가 금방 회복세를 보이며 비교적 안정된 상태로 신생아중환자실로 입원할 수 있었다. 아기 제대혈의 pH는 6.87로 객관적으로는 좋지 않은 수치였지만 사실 병원으로 뛰어오면서 우려한 것보다는 좋은 수치였다. 아기는 신생아중환자실에서 바로 다음 날 인공호흡기를 떼고 자발호흡을 시작했으며 안정되어갔다.

수술 다음 날 회진을 돌면서 산모를 다시 만났다.

"어제 하도 급해서 내 수명이 한 3년은 단축된 것 같아요. 내가 자기를 수술한 게 벌써 다섯 번째예요. 자기 자궁을 그 위에서든 아래에서든 더 이상 안 보게 해주세요"라고 말을 건넸다.

이런 걸 인연이라고 하는 것일까? 2년쯤 뒤에 동네 슈퍼에서 이번에는 두 아이를 데리고 가는 그녀를 만나길 기대한다.

오늘 꼭 입원하셔야 해요

"입원하세요."

"내일 하면 안 되나요?"

"네, 오늘 입원하는 게 좋습니다(입원 안 해서 집에서 사산되면 어쩌려고요?)."

"더 지나서 하면 안 되나요? 34주밖에 안 되었고 아기가 겨우 1.1킬로그램이니까 나와서 인큐베이터에 들어가야 하잖아요?"

"아기가 주수에 비해 매우 작다는 것 자체가 이미 자궁 안에서 편안한 상태가 아닌 거예요. 이런 아기는 분만을 서두르는 게 좋아요. 단도직입적으로 이야기하면 엄마 배 속에서 사산될 수 있기 때문입니다. 또한 일란성 쌍둥이라 한 아기가 사산되는 순간 다른 쪽 아기에게 직접적인 영향을 미쳐 둘 다 잘못될 수 있으니 입원하라는 거예요(말 좀 들으시지… 내가 불필요한 입원시키게 생겼나? 입원시켜서 힘든 건 난데…)."

"고위험 병실에 꼭 있어야 하나요?"

"네, 태아 심박동 모니터가 지속적으로 필요합니다. 작은 아기가 갑자기 안 좋아질 수도 있으니까요(이건 정말 당연하단 말이에요. 일반 병실에 있다가 사산되면 우린…)."

"월요일에 꼭 수술해야 하나요? 시간을 더 끌면…."

"아, 글쎄. 아기 혈류검사도 완전 정상이 아니라서 더 끄는 게 아기에게 위험하다니까요! 어제와 오늘 폐 성숙 주사까지 맞았으니 이제 월요일 수술이 답이에요. 그동안 아기는 지속적 모니터가 필요하고 혹시 작은 아기가 조금이라도 힘들어하면 바로 응급수술을 하게 될 가능성 있습니다."

봄비치고는 비가 꽤 많이 왔다. 큰애를 학원에서 데리고 오느라 운전을 하는데 시야가 안 좋았고 사이드미러가 잘 보이지 않아서 차선 변경을 하다가는 사고가 날까 걱정인 날이었다. 모처럼 가족이 다같이 식사하는 토요일 저녁, 외식을 하러 나가려는 순간 당직 중인 치프에게서 전화와 함께 태아 심박동 모니터 사진이 날아왔다.

"선생님, 조금 전까지 괜찮던 작은 아기 심박동이 방금 전부터 60회까지 떨어지고 회복이 잘 안 돼요."

늘 받는 응급수술과 관련한 전화였지만 다른 응급과 달랐던 두 가지 이유가 있었다. 하나는 의학적인 이유로, 태아가 일란성 쌍둥이인데 두 아기의 몸무게 차이가 매우 심해(discordant twin) 한 태아는 2.2킬로그램이고 다른 태아는 1.1킬로그램이라는 점이었다. 따라서 한 아기가 잘못되면 두 아기 모두 안 좋아질 수 있는 상황이라 마음이 더 급했다.

두 번째 이유는 빗길에 있었다. 응급수술을 위해 시속 100킬로미터로 달리면 10분 만에도 도착할 수 있는데, 비가 너무 많이 와서 달릴 수가 없는 상황이었다. 오는 비를 멈출 수도 없는 상황. 이런 자연 현상에도 산과적 응급 상황은 생기는 것이니 어떻게 해서든 수술장에 1분이라도 일찍 도착할 수 있도록 방도를 생각하는 수밖에 없었다.

일단은 운전을 하면서 분만장에 전화를 걸어 수술복을 가지고 3층 수술장 앞에서 기다려달라고 부탁했다.

빗길 운전을 마치고 가장 가까운 주차장에 차를 세운 다음 병원으로 달렸다. 너무 뛰었나? 수술장까지 계단으로 올라갈 기운이 없는데 마침 엘리베이터가 1층에 도착해서 곧장 몸을 실었다. 전에 동료인 최석주 교수가 산과적 초응급 상황에서 수술복 갈아입는 시간을 아끼려고 병원 엘리베이터에서 와이셔츠 단추를 풀었다는 이야기를 떠올리며 코트를 벗었다. 3층 수술장에서 수술복을 들고 기다려주신 분만장 여사님께 옷을 건네받고 수술장 입구 교수 휴게실에서 옷을 갈아입었다(물론 수술장 교수 휴게실에는 아무도 없었다. 교수 휴게실은 경의실이 아니다. 나는 원래 내 방에서 수술복을 갈아입는다. 이날은 수술장 경의실을 찾을 여유도 없었다).

수술장 15번 방으로 들어갔을 때에는 막 아기들이 나오려는 순간이었다. 나는 둘째 아기를 꺼내면서 안도의 한숨을 내쉬었다. 아기는 중환자실로 입원했지만 다행히 전반적인 상태는 나쁘지 않았다.

이 산모가 입원하지 않았으면 어떻게 되었을까. 고위험 병실에서 지속적인 태아의 심박동 모니터를 하지 않았으면 어떻게 되었을까. 의료진이 입원을 권할 때는 충분히 그럴 만한 의학적 이유가 있다. 또한 산과적 초응급 상황이 일어날 수 있다는 '걱정'과 '긴장감'을 가지고 있다는 뜻이다. 그리고 눈앞에 닥친 초응급 상황에서의 수술 뒤에는 1분 1초를 아끼려는 의료진의 숨 가쁜 노력이 있다.

의료진이 입원을 권할 때는 충분히
그럴 만한 의학적 이유가 있다
또한 산과적 초응급 상황이 일어날 수 있다는
'걱정'과 '긴장감'을 가지고 있다는 뜻이다
그리고 눈앞에 닥친 초응급 상황에서의
수술 뒤에는 1분 1초를 아끼려는
의료진의 숨 가쁜 노력이 있다

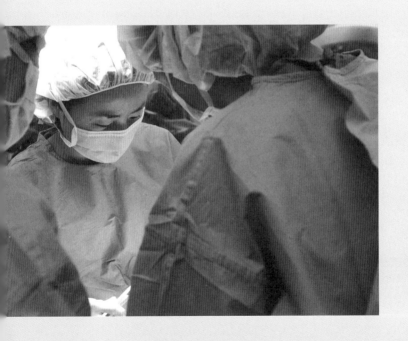

살아줘서 고마워요

"물 마셔도 되나요?"

월요일 아침에 회진을 도는데 환자, 아니 산모가 내게 건넨 첫마디였다. 평소에는 수술 산모들의 회진을 돌 때 산모가 물 마셔도 되는지 물어오면 의아하다는 생각이 들곤 했다. 담당 간호사나 주치의가 이미 안내를 다 했을 것이므로. 게다가 요새는 제왕절개수술을 시행한 뒤 실제로 금식을 오래 하지 않고 당일에 바로 미음이나 죽을 먹는다.

그러나 이 산모의 질문은 특별했다. 우선 산모의 목소리를 들어서 좋았고, 얼굴을 볼 수 있어서 다행이었다.

지난 토요일, 일주일에 한두 번은 밤에 응급 콜을 받는 데다 체력이 좋은 편도 아니라 주중에 밀린 피로를 주말에 풀어야 한다는 마음으로 저녁 10시에 일찍 잠을 청했다. 그런데 아니나 다를까 다음 날 새벽 2시 9분에 전화가 울렸다.

개인병원에서 제왕절개수술 뒤 대량 출혈한 산모가 왔는데 혈압이 유지되지 않는 쇼크 상태라고 했다. 아마 심한 복강내출혈로 수술해야 될 것 같다는 당직 전임의 선생의 이야기를 듣고 바로 병원으로 출발했다.

가는 길에 다시 병원에서 전화가 왔다. 수술장으로 바로 들어가려고 준비하는데 산모의 심장이 멎었고, 심폐소생술을 하고 있다는 것이었다. 이럴 때 환자의 심박수와 의사의 심박수는 반비례한다. 환자의 심박동이 느려지고 멈추는 순간 의사의 심박수는 몇 초 안에 100회, 아니 120회를 넘어간다.

병원에 도착해 산모가 도착한 응급실로 가보니 다행히 응급의학과에서 심폐소생술을 한 뒤 심장은 다시 뛰기 시작했다고 한다. 그러나 다시 심장이 돌아오기까지 산모가 어느 정도의 저산소증에 노출되었을지 확실하게 알 수 없었다. 또 산모의 혈압은 대량 수혈에도 불구하고 오르지 않았고 맥박이 상승되어 있던 터라 금방이라도 심장이 다시 멎을 가능성이 컸다.

응급실에서 나간 동맥혈 가스분석 결과는 pH가 6.76으로 산증이 심했고 혈색소(hemoglobin) 수치는 3.1mg/dl였다. 동맥혈 가스분석은 혈액의 산-염기 상태를 평가하기 위한 검사로 pH의 정상 범위는 7.35~7.45다. 따라서 pH가 6.76이라는 것은 매우 심한 산증 상태로 폐호흡이 제대로 되지 않고 조직의 저산소증이 심한 상태를 의미한다. 혈색소 수치는 빈혈의 정도를 파악하는 수치로, 정상은 12~16mg/dl이므로 3.1mg/dl이라는 수치는 정상의 4분의 1 수준. 즉 매우 심한 빈혈 상태인 것이다. 산모의 동공이 이미 열린 상태라는 것을 알고 환자를 중환자실로 옮기기로 결정했다.

중환자실에 올라온 지 몇 분이 지나지 않아 중환자의학과 정치량 교수가 나타났다. 사실은 환자를 잃을 수도 있겠다는 직감에, 병원 주차장에 도착하면서 이미 정 교수에게 연락했었다. 덕분에 나의 심박동은 좀 안정이 되었다. 그러나 환자 상태는 점점 악화되었다. 맥박수가 160~180회를 넘어가고 있었고(정상 맥박수는 100회 미만으로 심한 쇼크 상태가 되면 이를 보상하기 위해서 맥박수는 급상승한다) 산모의 배는 점점 불러와 복강 내 어디선가 동맥에서 출혈이 멈추지 않는 상황이란 걸 직감할 수 있었다. 동맥에서 피가 나는 상황은 몇 분 만에도 대량 출혈로 이어진다. 결국 개복하지 않으면 심한 쇼크로 다시 심정지가 생겨 사망에 이를 가능성이 높아 보였다. 수술이 필요했지만 환자는 수술장으로 이동이 가능한 상태가 아니었다.

전에도 정 교수와 이러한 초초초중환의 중환자실에서의 수술 가능성에 대해 이야기 나눈 적이 있었기에 중환자실에서 수술을 하기로 결정했다. 수술하는 동안 정 교수가 활력징후 등을 봐주기로 했다. 전장에 나가는데 혼자가 아닌 든든한 동료와 함께하는 느낌이었다.

수술 기구가 왔고, 수술장 간호사가 도착했다. 옆에 누운 중환자들의 틈을 지나서 손 소독을 하고 수술복을 입었다. 수술장과 같은 조명이 없기 때문에 수술 필드는 매우 좋지 않았다. 산부인과 전공의가 내게 헤드랜턴 같은 걸 씌워주었는데(아마 심장 수술할 때 사용하는 것 같았다) 내 시선 방향과 일치하지 않아 목으로 조명을 맞추면서 수술을 진행하려니 목 근육이 결려왔다.

배를 연 순간, 복강 내 고였던 선홍색 피가 수술 필드로 분출되어 나왔다. 석션(suction. 수술 필드에서 피를 제거하는 고무 튜브 같은 것으로 음압이 걸려서 피를 제거하는 기구)을 하고 겨우 자궁의 측면에서 동맥출혈이 나는 부분을 찾았지만 지혈은 쉽지 않았다. 출산 직후라 자궁은 흐물흐물한 상태. 출혈 부위를 바늘로 뜨면 뜰수록 피가 났다. 산과적 대량 출혈 상태는 대개 응고장애가 와서 지혈이 잘 되지 않는 경우가 많다. 이 환자도 APTT라는 응고 수치가 응급실 도착 당시 300초 이상(측정될 수 있는 수치 중 가장 안 좋은 수치로, 더 이상 측정이 불가하다는 의미다)이었다. 물렁물렁한 자궁에 수축제를 주사하기를 몇 번. 어두운 조명 때문에 동굴에서 수술하는 느낌이 들었다. 그래도 자궁을 살려보려 한 시간가량 사투를 벌였고 결국 출혈의 근원인 자궁을 들어내는 수술을 하지 않을 수 없었다. 양측 난소를 살리고 자궁의 옆 조직을 하나하나 잡으면서 '컷(cut)'과 '수처(suture)'를 거듭하고, 어느덧 제거된 자궁을 수술장 간호사에게 넘겼다.

수술을 하면서 마음속으로 기도했다. 사실 평상시에는 잘 기도하지 않는 냉담자인데… 환자가 안 좋아질 때는 마음속으로 간절히 기도하게 된다. 산모는 수술 뒤 의식이 돌아올 수 있을까, 정상으로 돌아올 수 있을까, 아까의 심정지 기간 때문에 저산소증으로 식물인간 상태가 되면 어쩌나. 수술하면서도 마음 한켠에 걱정이 이어졌다.

어두운 시야와 응고장애 때문에 평소에 시행하는 자궁적출술보다 두 배 이상의 시간이 걸린 수술이 마무리되면서 환자의 혈압은 조금 올라갔다. 새벽 3시 반에 시작한 수술이었는데 헤드랜턴 때문에 무거웠던 고개를 들어보니 중환자실 창밖으로 이미 해가 떠 있었다. 아, 일요일 아침이구나.

수술 필드에서 멀어지는 순간 바닥에 주저앉고 싶었다. 다리가 너무 아팠다. 이래서 다리 힘을 키우려고 지하 1층부터 19층까지 걸어 다녔는데, 작심 두 달 만에 안 했더니 역시 하지의 기운이 딸렸다.

중환자의학과에 바통을 넘기고 보호자에게 설명 후 분만장으로 올라와 물을 벌컥벌컥 들이켜며 생각했다. 산모는 과연 정상적으로 잘 회복될 수 있을까?

다음 날인 월요일 아침 중환자실로 회진을 갔더니 어제 피바다가 되었던 전쟁터, 수술을 집도했던 그 자리에서 환자가 눈을 깜빡거리며 내게 물어왔다.

"선생님, 물 마셔도 되나요?"

평소 같았으면 대수롭지 않았을 질문. 얼굴을 보지도 못하고 말 한마디도 건넨 적 없던 산모의 질문을 받으니 어제의 피로가 치유되는 느낌이었다. 물을 먹어도 되냐는 질문에 이렇게 대답하고 싶었다. 살아주어 고맙다고.

피바다가 되었던 전쟁터,
　간절히 기도하며
수술을 집도했던 그 자리

아침 8시,
생명을 구하기 가장 좋은 시간

수요일 오전 8시. 분만장 내 산과 당직 보고가 한참인 시간이다. 당직 보고란 전날 응급실을 통해 입원한 환자의 상태를 당직 전공의들이 보고하는 시간으로, 월요일에서 금요일에는 아침 7시 30분에 시작하고 토요일은 8시 30분에 시작한다.

이때 밤 동안에 입원 또는 전원된 임산부에 대한 보고를 듣고 해당 질환에서 더 체크해야 할 병력 또는 검사 등이 없었는지 질문한다. 임산부의 반 이상이 밤에 입원하는 환자들이므로 밤에 어떠한 일이 벌어졌는지 피드백하는 것은 전공의들을 이른바 '분만을 두려워하지 않는 산부인과 의사'로 훈

련하기 위한 중요한 시간이다. 누구나 그렇듯 대부분의 전공의도 피드백의 시간을 두려워하지만, 이러한 교육 시간을 통해서 더욱 훌륭한 의사가 탄생하게 된다.

갑자기 뒷방(당직 보고하는 방)의 문이 드르륵 열리면서 전공의 2년차 선생이 "선생님, B 환자 내진했더니 아기 다리가 만져져요"라고 말했다.

한 달 전 임신 27주 조기양막파수로 타 병원에서 전원된 임산부로, 자궁 안에 완충 역할을 할 양수는 하나도 없고 태아의 예상 몸무게는 1킬로그램 남짓이었다. 태아 심박동을 집중 모니터하고 예방적 항생제를 쓰면서 4주를 보내고 이제야 31주가 되었는데, 태아의 다리가 임산부의 질로 빠지는 그야말로 초응급 상황이 일어난 것이다(이때 태아의 몸통이 같이 내려오면서 탯줄도 같이 눌려 단 몇 분만에도 아기가 저산소증에 빠지거나 사망할 수 있다).

다행히 오전 8시는 그야말로 황금 시간. 분만장을 지키는 산부인과 전공의들, 간호 인력, 마취과 인력의 3박자가 충분히 맞아떨어졌다.

곧장 임산부의 침대를 밀고 들어가 수술을 시작했으나 쉽지 않았다. 31주밖에 되지 않은 자궁에 진통은 전혀 없었기에 자궁 경부는 닫혀 있는 데다 그 사이로 태아의 한쪽 다리가 완전히 끼여 있었다. 자궁을 절개하니 자궁강(uterine cavity) 안에 한쪽 다리는 나오는데 자궁 경부를 통과해 질로 빠져버린 반대쪽 다리는 어떻게 해도 올라오지 않았다. 내 검지 굵기인 아기의 다리를 어떻게든 자궁 쪽으로 복귀시켜야 아기가 나올 텐데…(이때 무리하게 태아의 다리를 잡아당기다 보면 태아 대퇴골에 골절을 일으킬 수 있다. 실제로 내가 전공의 때 어느 시니어 교수님이 26주쯤 되는 역아를 제왕절개로 꺼내시다가 태아의 대퇴골이 골절된 적이 있었다).

마음으로는 불안한 생각을 하면서 손으로는 본능적으로 자궁에 '역 T자형 절개(inverted T incision)'를 넣었다(제왕절개 시 대부분 자궁의 하단을 가로로 절개한다. 그러나 간혹 절개해야 할 자궁 하부에 큰 근종이 있거나 전치태반인 경우, 또한 아주 이른 조산이면서 태아가 매우 작고 역아로 위치하면 기존의 가로 절개 방법으로는 태아가 잘 나오기 어렵다. 이때는 자궁을 세로로 절개하기도 한다. 역 T자형 절개는 이미 자궁을 가로로 절개한 상황에서 태아의 만출이 되지 않아 자궁의 상부로 세로 절개를 추가하는 방법이다. 결국 최종적인 자궁 모양이 T자가 뒤집어진 모양이기에 역 T자형 절개라 부른다).

다행히 아기의 몸통과 다리는 외상 없이 잘 나왔고, 분만 이틀 전에 들어간 폐 성숙 주사 덕분인지 건강한 울음소리도 내주었다.

수술을 끝내고 늦은 오후 회진을 돌면서 산모에게 말했다.
"정말 운이 좋아요. 나를 포함해 의료진이 가장 많은 시간인 아침 8시에 아기 다리가 빠졌으니 바로 수술하고 아기도 건강하고요! 만약 새벽 3시에 빠졌으면 이렇게 빨리 수술할 수도 없고 그러면 아기는 심한 저산소증이 생겼을 수 있어요. 아기를 잃었을 가능성도 큽니다."
과장이 아니고 진짜다. 이처럼 고위험 임산부와 태아의 예후는 '조기양막파수와 임신 31주'라는 의학적인 진단명보다, 급격한 증상이 발생한 시점이 새벽 3시인지 아침 8시인지에 따라 결정될 수가 있다.
이렇듯 큰 종합병원 안에서도 시각에 따라 임산부와 태아의 예후가 달라지는데 분만취약지, 산부인과 병원이 없는 곳의 임산부와 태아는 어찌될까. 안타까운 마음이다. 아침에 확 늘어났던 에피네프린 탓일까? 밤늦도록 잠이 오지 않는다.

멎었던 심박동이 다시 뛰기 시작했다

임신 40주 2일에 진통으로 입원한 임산부가 있다. 입원 당시 양수는 약간 적었지만 심한 양수감소증은 아닌 상태로 진통을 시작했다. 본격적인 진통이 시작되면서 아침 8시쯤 무통분만을 실시했고 정오를 지나가면서 분만장에서 전화가 왔다. 진행이 더디고 태아 심박동 이상이 간헐적으로 나타나 수술을 고려하는 것이 좋겠다는 내용이었다.

양수가 적을 때 특징적으로 나타나는 다양성 심박동 이상(variable deceleration. 태아 심박동 저하의 종류 중 하나로 태아 심박동이 급격히 저하되었다가 금방 회복되는 특징이 있으며 대부분 탯줄의 압박 때문에 발생하는 것으로 알려져 있다. 대개 단독 소견으로는 신생아의 불량한 상태와 연관되지 않는다)이었다. 단 심박동의 변이성(variability)은 좋다고 한다. 태아 심박동의 변이성이 좋다는 것은 적어도 아기가 저산소증이 없다는 아주 믿을 만한 증거다. 초산이고 임산부의 나이가 어린 점을 고려해 (산모가 어리면 순산 확률이 증가한다) 좀더 지켜보자고 하고 낮의 회의를 마무리하는 순간 분만장에서 전화가 왔다. 수술을 준비하는 동안 갑자기 태아의 심박수가 85회로 8분간 떨어지고 회복이 되지 않아 수술장으로 밀고 들어간다는 전화였다.

외래에 전화해 오후 외래 지연 방송을 내라고 하고 분만장 수술장으로 달려갔다. 산과 전임의와 우리 팀의 4년차 수석 전공의가 초음파로 태아의 심박동을 확인하고 있었다. 팔딱팔딱 뛰는 게 명확히 보여야 할 아기의 심박동이 보이지 않았다. 이른바 심장이 정지 영상으로 보이는 상태. 태아 심박동 이상이 발생한 지 약 10분 만에 태아의 심장이 멎어버리다니. 자궁내태아발육지연이 있는 산모도 아니고 태반조기박리등의 증상이 있던 것도 아니고 더군다나 10분 전까지 심박동의 변이성이 좋았던 태아가….

눈을 의심하면서도 급하게 드래핑을 하면서 소아과에 심폐소생술을 준비해달라고 요청했다. 설사 자궁 안에서 태아가 사망했더라도 지금은 빨리 수술하는 편이 낫다는 다소 직관적인 판단을 하면서 동물적인 감각으로 하복부 정중절개(low midline inicision. 피부를 세로로 절개하는 방법)로 근막(근육을 싸고 있는 막)까지 한번에 열고 자궁을 절개했다.

하늘이 구한 것일까? 태어난 아기는 심장이 언제 멎었냐는 듯이 건강한 울음을 터뜨렸다. 분명히 수술 직전 초음파에서 심박동이 마치 멈춘듯 보인 것을 많은 의료진이 같이 목격했는데… 우리 모두의 눈을 의심하지 않을 수 없었다.

지금까지 아기를 너무 많이 받은 것일까? 다시 보기 어려울, 정말 드문 일이 일어난 날이다.

2부

가장 사랑하는 사람,

가장 먼저 만난 사람

제발 입원하지 말아요

외래에서 입원장을 주면서 나는 그 임산부가 입원하지 말기를 간절히 바랐다. 아침에 출근하면서도 '오늘 정말 입원하면 어떡하지' 걱정하며 운전했고, 오전에 수술과 학생 실습 강의 중에도 틈틈이 팀 치프 전공의에게 입원 여부를 물어보며 조바심을 냈다.

바로 어제 외래를 본 임산부였다. 신장 기능이 좋지 않은 상태에서 임신을 뒤늦게 알고 내과를 거쳐서 산부인과에 오게 된 것이었다. 이미 임신 주수는 9주 2일이었고 신장 기능은 중등도 이하로 떨어진 상황이었다.

신장이 좋지 않은 여성은 임신 경과가 순탄하지 않은 경우가 빈번하다. 물론 신장 기능이 어느 정도 나쁜지에 비례해 위험성은 달라진다. 이 임산부는 이미 신장 기능이 상당히 저하되어 있기 때문에 임신을 유지하면 기능이 더욱 악화되어 투석하게 될 가능성이 크다는 설명을 듣고 온 상태였다. 그녀는 나를 만나기 전부터 진료실 의자에 앉아 눈물을 훔치고 있었다.

우는 환자의 진료는 참으로 힘들다. 아무리 객관적으로 의학적 사실만 말하려고 노력해도, 의사도 사람인지라 측은지심으로 뭔가 조금이라도 긍정적인 사실을 이야기하며 위로해주고 싶은 마음이 생겨나기 마련이고 이는 어쩔 수 없이 진료 지연으로 이어진다.

사실 이 임산부는 2년 전 출산한 적이 있는 경산부였다. 그때는 자신의 콩팥에 문제가 있음을 인지하지 못했으며 만삭에 개인병원에서 출산했다고 그녀는 말했다. 내가 약간 놀란 것은 지난번 출산하고 몇 개월 지나지 않은 상태에서 우리 병원에서 시행한 신장기능검사 소견이 이미 현재와 비슷한 정도였다는 사실이었다. 여하튼 임산부는 현재의 임신을 유지할 경우 신장이 더 나빠질 확률 또는 임신 경과가 안 좋을 확률, 즉 숫자를 알고 싶어 했다. 나는 몇 년 전 우리 병원 자료를 대상으로 발표된 논문을 인터넷에서 찾아서 모니터를 보며 신장 기능 수치에 따른 임신중독증의 발생 확률에 대한 숫자를 알려주었다. 이 임산부의 신장 기능으로는 임신중독증이나 자궁내태아발육지연 등이 발생할 확률이 50~66퍼센트였다.

임산부는 임신을 유지하자니 신장 기능이 더욱 악화되어 평생 투석을 할 수도 있다는 상황이 두렵고, 투석 치료를 받으면서 두 자녀를 잘 키울 수 있을지 걱정된다고 했다. 외래에 같이 오진 않았지만 남편은 위험을 감수하는 것을 싫어하는 성격이라 임신 종결을 하자고 했다고도 말했다.

가장 최근에 초음파를 본 때가 언제인지 물어보았는데, 4주 전쯤이라고 했다. 약 임신 5주에 초음파를 보고 지금까지 한 번도 초음파를 보지 않았다면 초음파검사를 하지 않을 수 없는 상황이었다. 신장이 안 좋은 상태와 연관되어 사실 유산되었을 수도 있었다. 만약 이미 유산이 되었다면 고민과 선택의 여지가 없는 것이다. 이런 경우 아이러니하게도 유산이 되어 있기를 바라면서 초음파검사를 시작하기도 한다는 걸 부인할 수 없다. 초음파에서 9주 2일의 태아를 임산부가 직접 보게 된다면, 또한 이 태아의 심박동이 얼마나 세찬지 알게 된다면, '임신 종결'은 결코 간단한 문제가 될 수 없다.

아기는 엄마의 자궁 안에서 잘 자리 잡아가고 있었다. 크기는 2.7센티미터밖에 되지 않았지만 머리와 몸통이 선명히 구분되었다. 앞으로 아기의 팔과 다리가 될 부분도 새싹처럼 솟아나고 있었고 심지어 태아의 움직임도 관찰되는 상황이었다.

발생학적으로는 수정 후 3~8주까지를 배아(embryo)로 보고 9주 이후부터는 태아(fetus)로 구분한다. 배아기에 이미 장기 대부분이 형성되고 9주 이후인 태아기부터는 성장(growth)과 성숙(maturation)이 이뤄지는 시기인 것이다. 초음파에서 명확히 구분할 수 없을 뿐이지 손가락, 발가락도 발생학적으로는 배아기 말에 이미 형성된다.

임신 5~6주에만 내원했더라도 '임신의 지속이 보건학적 이유로 모체의 건강을 심각하게 해치고 있거나 해칠 우려가 있는 경우'(모자보건법 제14조 5항)라는, 법적으로 임신을 종결할 수 있는 이른바 '치료적 유산'의 적응증으로 판단해 내과에서 일차적으로 권유한 대로 임신 종결을 위한 소파수술을 시행했을 수도 있을 것이다. 그러나 9주 2일의 아기는 이미 너무 커진 상황이었다. 보통의 임신을 유지하는 자궁 안에서는 그렇게 작아 보이던 2.7센티미터인데 이 임산부의 자궁 안에서는 왜 이렇게 커 보이고 또 건강해 보이는지 고민하지 않을 수 없었다.

나는 임신중독증이나 자궁내태아발육지연과 같은 상황은 신장 기능이 정상이어도 충분히 올 수 있는 질환이며, 임신 중에 신장 기능 저하가 현저하다면 분만을 좀 서두르는 방향으로 결정할 수도 있다고 이야기했다. 이로 인해 어느 정도 이른 조산이 발생하게 될지는 정확히 예측할 수 없지만 신장이 정상이어도 24주에 조산을 한 사람이 얼마나 많은지 설명해주었다. 마지막으로 이 아기를 얼마나 낳고 싶은지 깊이 생각하고 남편과 잘 상의해 결정하라고 했다. 다만 임신 종결을 원한다면 현재 주수가 꽤 큰 상황이므로 다음 주는 수술 자체가 위험할 수 있으니 내일 중으로 반드시 입원하라고 설명했다.

그러나 사실은 위험성보다는 10주가 넘어가는, 살아 있는 태아를 품은 임산부의 소파수술을 하고 싶지 않았다. 아니, 임산부가 내일 입원한다고 해도 같은 마음이었다. '의학적 적응증'이 된다고 판단할 수 있고 법적으로도 허용이 가능한 이 9주 2일 크기의 태아의 소파수술을 하고 싶지가 않았다. 태아가 꿈에 나올 것 같았다.

임신 9주 2일 크기의 태아 초음파 사진
더욱 많은 사람이 사진 속 태아의 모습을
눈과 마음에 담아두기를 바란다

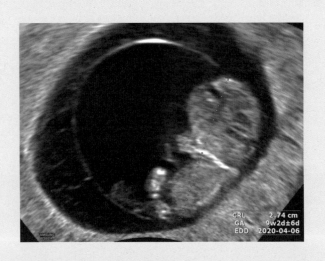

2019년 4월 11일, 낙태죄 처벌 조항에 대한 위헌 판결이 내려졌다. 헌법재판소는 낙태죄 처벌 조항이 '사회 경제적 사유'로 낙태를 원하는 '여성의 자기결정권'을 제한하므로 태아의 생명 보호와 임산부의 자기결정권, 두 가지 가치를 모두 실현할 수 있는 법 개정을 2020년 12월까지 마련할 것을 명시했다.

앞으로 낙태수술의 허용 가능 주수와 범위를 두고 많은 논의가 이뤄지겠지만 산부인과 전문의로서 9주 이상의 태아를 소파수술하는 상황이 의학적 적응증에 의한 것이건 여성의 자기결정권에 의한 것이건 발생하지 않았으면 한다. 또한 소파수술 시행 여부에 대한 의사의 자기결정권(즉 소파수술을 하지 않을 의향 존중)도 고려된 법 개정이 이뤄지길 바란다.

그리고 한 가지 제안하고 싶다. 사회적 논의를 도출하는 과정에서 수많은 말과 글로 이뤄지는 회의를 시작하기에 앞서 5~6주의 '배아'와 9~10주 이후의 '태아'가 얼마나 다른지, 초음파 사진과 동영상을 통해서 이들의 움직임을 느끼고 공유하는 시간을 가질 것을 간절히 바란다. (왼쪽 사진은 이 글에 나오는 환자의 사진이 아니며 다른 임산부의 동의를 얻어 실은 것이다.)

내 기도를 들어주신 것일까? 임산부는 이번 주에 입원
하지 않았다. 설마 다음 주에 다시 나타나지는 않겠지. 주말
에도 계속 기도를 해야겠다.

*

그 뒤, 이 임산부는 임신 30주가 되었다.
아기는 주수에 맞게 성장해 1.5킬로그램에 이르고
임산부는 혈압이 높아지지 않았다.
신장 기능도 악화되지 않아 투석 치료도 안 받는다.
난 외래에서 단 한마디 말을 할 뿐이다.
"다 좋아요!"
그리고 엄지 척!

150일 전, 그날의 수술

그녀를 수술한 때는 2013년 봄, 금요일 오전이었다. 불임으로 시험관시술 뒤 쌍태임신한 30대 후반 임산부였다. 쌍태임신은 조산, 임신성당뇨 등 임신 합병증이 발생할 가능성이 많지만 그녀는 아무런 문제없이 만삭을 향해 순항하고 있었다. 이런 임산부들에게 "모범 쌍둥이 임산부예요"라고 격려하곤 하는데 그녀도 나무랄 데 없는 칭찬의 대상이었다.

그런데 임신 37주에 심한 임신중독증이 발생해 이제는 출산해야 했고 아기들은 둘 다 역아(태아의 엉덩이가 아래로 위치하는 경우)였기에 수술을 해야 했다. 수술은 다른 제왕절개수술과 비슷하게 순조로이 진행되었고 아들딸 쌍둥이는 신생아실로 이동했다.

그런데 문제는 그날 오후 5시부터 일어났다. 회진을 돌았는데 산모가 창백했고 오전 수술에서 단단히 수축했던 자궁이 (우리를 배신하고) 간헐적으로 수축이 풀리면서 하혈을 하고 있었다. 자궁무력증이 발생한 것이다. 자궁무력증 치료는 출혈의 원인인 자궁을 들어내거나 영상의학과에서 자궁으로 가는 혈관을 막는 혈관색전술을 하는 것이다. 산모와 보호자에게 설명하고 자궁을 살리기 위해 먼저 혈관색전술을 해보자고 이야기했다(대개 이 시술의 성공률은 90퍼센트다). 부부가 셋째 아이를 가질 마음이 있는지는 확실치 않았으나 일단은 자궁을 살리자는 것이 내 판단이었다. 그리고 나는 이후 5개월 동안 이 판단을 계속 후회했다.

대개 한 시간쯤 걸리는 혈관색전술을 하는 데 두 시간이 넘게 걸렸다. 그동안 산모는 대량 출혈로 심한 응고장애가 일어나 제왕절개수술 부위인 복벽에 피가 많이 고였다. 자궁 안에도 피가 고여 자궁수축을 방해하기만 했다. 상당량의 수혈이 이뤄졌기에 심한 폐부종이 발생했으며 산모는 결국 중환자실로 이동한 다음 2일간 치료를 받고서야 병실로 갈 수 있었다. 이후 산모는 전반적인 상태가 호전되어 퇴원했다.

하지만 자궁 안에 고여 있는 피와 복벽에 고인 혈종 때문에 앞으로 꽤 오랜 시간 통원 치료를 해야 하는 상태였다.

임신중독증에는 흔히 쓰는 자궁수축제를 사용할 수가 없다. 이 약제는 자궁을 강하게 수축시키면서 혈압을 올리는 부작용이 있기 때문이다. 2차 약으로 선택하는 자궁수축제들을 쓰면서 자궁수축이 돌아와서 자궁 안에 고인 피가 빠져나오도록 거의 6주를 기다렸으나 자궁은 전혀 돌아오지 않았다. 남들은 분만하고 6주가 지나면 자궁수축이 다 돌아오는데 이 산모의 자궁은 아직도 배꼽 근처에서 크게 만져졌다. 자궁이 수축하는 성질을 잃어버린 것인지…. 산모에게는 자궁이 특이체질이라고 설명했다.

어쨌든 자궁 안에 고인 피는 자연적으로 빠져나오지도 않거니와 수축제를 써도 배출되지 않고 오히려 자궁수축을 방해하는 상황이었기에 외래 치료실에서 흡입 치료를 했다. 자궁이 커서 흡입을 위한 기구가 자궁저(fundus. 자궁의 위쪽)에 닿지도 않는 상태였다. 게다가 고인 피를 제거하는 시술을 하고 회복실에서 관찰하던 중 산모에게 39도의 고열이 발생했다. 시술이 심한 염증반응을 일으켜 이른바 복막염 내지는 골반염이 발생한 것이다. 곧장 산모에게 설명하고 입원시켰다.

산모는 입원 뒤 항생제 치료를 주로 받았는데 이 과정에서 맥박이 약간 빠른 것이 관찰되었다. 물론 열이 나서 그럴 수도 있지만 심장초음파검사를 하자 산후심근증(postpartum cardiomyopathy. 출산 뒤 심장의 수축력 저하 등 심기능이 떨어지면서 심부전의 상태가 되는 심혈관계 산욕기 질환의 하나)과 이로 인한 폐동맥고혈압(폐에 혈액을 공급하는 혈관의 혈압이 높아지는 질환)이 확인되었다. 산모는 이 질환의 위험인자 중 나이, 빈혈, 임신중독증을 가지고 있었지만 산후심근증 자체는 아주 흔한 질환은 아니다. 왜 하필 이 고생 많은 산모에게 발생한 것인지….

심장이 정상 기능을 회복하려면 최소 6개월은 걸릴 터였다. 참 안타까웠다. 항생제 치료에도 불구하고 간헐적인 고열이 지속되었다. 사실 고열과 염증의 원인은 수축하지 않은 자궁, 피가 고여 있는 자궁이었다(고인 피는 세균의 아주 좋은 배지가 된다). 지금 상황에서 염증의 확실한 치료는 자궁을 들어내는 것이었지만 산모의 심장이 안 좋은 상태라 마취를 할 수도 없었다. 또한 염증이 심한 상태에서는 수술 자체에 따른 위험성도 커서 결국 항생제 치료만이 살길이었다. 그렇게 약 열흘간 주사 항생제를 쓰고, 산모는 통원 치료를 하기로 하고 퇴원했다(산모는 재입원을 하면 아기를 볼 수가 없기에 모유수유 등 곤란한 상황이 적지 않아서 빨리 퇴원하기 바라는 사례가 많다).

5월부터 약 3개월 동안은 외래에서 계속 균배양검사를 시행하며 맞춤형 항생제 치료를 지속했다. 결국 자궁이 수축을 안 하는 이유 중 하나는 감염이 잘 치료되지 않는 상황과 관련 있었다. 감염 전문 교수님과 이 산모의 감염을 치료하기 위한 항생제 치료 전략을 짜려고 통화를 열 번도 넘게 했다.

마지막에는 하루에 한 번씩 주사로 사용하는 항생제를 약 2주간 매일 맞도록 했다. 정말 다행히 산모가 잘 버텨주어 장기간 항생제 사용에도 심한 내성균이 발생하지 않았고 항생제 치료를 오래 하면 따를 수 있는 부작용과 백혈구 감소증이나 간수치 증가, 설사 등도 생기지 않았다. 그러나 분만 뒤 100일이 지나고도 아직 자궁은 큰 상태였다. '심장 기능이 돌아오려면 저 염증의 온상인 자궁을 떼긴 떼어야 할 텐데…'라고 생각하며 걱정했다.

시간이 흘러 7월 중순을 넘어가면서 조마조마한 마음으로 초음파검사를 시작했다. 그런데 자궁이… 150일 만에 정상 크기로 돌아왔다. 염증도 많이 감소했다. 줄어든 자궁에 너무 감사해 만세를 불렀다. 산모는 내게 고맙다고 했지만, 내가 더 고맙다고 인사했다. 예측하기 힘들고 치료하기 어려운 상황이 지속되었는데 치료를 잘 따라와줘서 정말 고맙다고.

약 5개월 동안 그날 오후 5시, 쌍둥이 분만 뒤 발생한 자궁무력증에 대해 쉽게(다음 임신에 대한 미련 없이) 자궁적출 수술을 결정했다면 이 모든 합병증이 발생하지 않거나 적어도 약하게 발생했으리라는 생각과 후회가 많았다.

이처럼 의료 현장에서는 환자를 위한 '최선의 선택'이 반드시 '최선의 결과'를 가져다주지 않는 안타까운 경우가 가끔 있다. 아마도 우리 몸이 기계가 아니기에 사람마다 치료나 약제에 반응이 다르기 때문일 것이다. 그러나 '환자와 의사의 신뢰'는 결국은 최선의 결과를 가져다준다. 나를 믿어준 산모와 그 자궁에 진심으로 감사한다.

헛된 희망도 쓸데없는 걱정도
갖지 않도록

요새는 일주일이 멀다 하고 아동 학대에 관한 뉴스가 나오는 것 같다. 이러한 뉴스를 들으면 인간은 태어날 때부터 악하게 태어났다는 성악설을 믿게 된다.

얼마 전에는 태어난 지 몇 개월 되지 않은 아기에게 대퇴골 골절을 일으킨 가족 폭력 이야기가 나왔다(만약 분만 과정에서, 예를 들어 아기가 이른 주수에 역아로 있거나 심한 근종이 동반되어 태아가 나오는 과정에서 의도치 않게 대퇴골 골절이 생겼다면 이 부모는 과연 담당 의사에게 어떻게 응했을지…). 이럴 거면 아기를 왜 가졌을까 하는 의문이 든다.

산부인과 의사로서 지금까지 외래에서 제일 많이 들은 질문 중 하나는 "아이가 정상인가요?"라는 말이다. 간혹 임산부와 보호자가 원하는 정상이란, 구조적인 이상뿐만 아니라 초음파라는 외형적, 물리적인 판단 기술과는 관계가 없는 신경 세포 하나하나의 기능을 포함하는 경우도 있다. 이러한 질문에는 "태아에게는 현재 초음파검사에서 구조적 이상이 발견되지 않습니다"라고 답변한다. 사실 이 말은 '기능적인 부분은 알 수 없다'와 '앞으로 추가적으로 이상이 발견될 수도 있다'를 내포하고 있다.

D 임산부는 결혼하고 5년 만에 겨우 아기를 가졌다. 몇 번의 인공수정을 지나 시험관임신에 미세수정(난자 세포질 내 정자 주입술)의 과정을 거쳐서 난임병원을 '졸업'하고 임신 12주에 내 진료실 문을 살짝 열고 수줍어하는 모습으로 들어섰다. 솔직히 그녀를 처음 보는 순간 너무 깜짝 놀랐다. 몇 년 전 우리 병원에서 산부인과 수련을 마친 K 선생과 너무 닮아서였다. 외형뿐만 아니라 조곤조곤한 말투도 비슷했다. 그러고 보면 외모와 목소리를 지배하는 유전자는 매우 가까이에 있는 것 같다. 사나운 인상을 가진 사람이 차분한 말투로 이야기하는 것을 본 적이 없다.

어렵게 임신했지만 임산부는 그 뒤로 비교적 순조로운 시간을 보냈다. 그러다 이상이 생겼다. 21주에 정밀초음파검사에서 소뇌 구조의 부분적 이상이 나타난 것이었다. 추적 관찰한 초음파검사에서는 일반적으로 직선 모양인 대뇌의 양측 반구를 가르는 막이 물결 모양으로 보였고 전형적이지 않은 뇌량 형성의 이상도 의심되었다.

일반적으로 뇌의 구조적 이상에 대한 예후를 설명하는 일은 어렵다. 그 이유는 같은 구조적 이상을 보이더라도 예후가 매우 다양하기 때문이다. 소뇌의 부분적인 발달 이상 또는 뇌량 형성의 이상도 출생 후 정상적인 신경학적 경과를 보이는 경우도 충분히 있을 수 있기에…. 물론 확률적으로는 정상적인 뇌 구조를 보이는 경우보다 성장과정에서 발달장애를 나타낼 가능성이 증가하는 것은 사실이다. 나는 초음파에서 보이는 그대로를 설명했고 아기가 추후에 정상으로 클 수도 있지만 신경 발달의 측면에서 어려운 점이 있을 수도 있다고 말했다.

최선을 다해서 설명했는데, 임산부는 차분하게 이해하는 듯했고 추가적인 질문 없이 진료실을 나갔다. 그러나 그녀의 눈빛에서 불안감을 느낄 수 있었다. 이후 초음파 소견은 큰 변화가 없었고 다행히 아기의 성장도 양호했다. 나는 이 차분하고 예쁜 임산부에게 불행한 일이 안 생기길 기도했다. 결국 임산부는 만삭에 진통이 와서 입원했고 다행히 분만 과정은 무탈히 흘러 밤 12시경에 순산했다. 한밤중의 분만이었고 산과적으로 내가 나와야 하는 상황은 아니었지만 나는 이미 분만장에 있었다.

우리가 초음파로 보는 것은 단지 구조일 뿐이다. 다른 장기보다, 뇌와 같은 중추신경계 이상은 참으로 다양한 경과를 갖는다. 따라서 초음파로 정확한 기능을 예측하기는 불가능하다. '기능'은 수많은 후천적인 요소에 관여하기 때문이다. 단언컨대 후천적 요소 중 가장 중요한 것은 부모의 역할이다. 부모에게 학대받아 뼈가 부러지고 멍이 든 어린 생명들은 아마도 대부분 정상으로 태어났을 것이며, 산전 초음파에서 구조적으로 이상이 없었을 것이다. 아동 학대에 대한 뉴스가 이토록 빈번하게 나올 지경이라면 학대의 가해자 부모도 산전 초음파를 볼 때는 "아이가 정상인가요?"라고 질문한 사람 중 하나였을지 모른다.

임산부와 태아를 돌보는 일은 결코 쉽지 않다. 확률적으로 발생하는 수많은 임신 합병증과 태아의 위험을 무릅쓰고, 그 확률을 낮추고 하나의 생명을 건강하게 탄생시키기 위해

매순간 조마조마한 가슴을 쓸어내리는 산과 의사로서 아동학대 소식을 들으면 정말 화가 난다.

그런데 오늘, 한 달 전에 순산한 D 산모가 수줍게 건네고 간 편지에서 발견한 글귀가 마음을 위로한다.

"헛된 희망도 쓸데없는 걱정도 갖지 않도록 늘 차분히 설명해주시고… 앞으로 어려운 시간이 있을 수 있겠지만, 좀 더 강한 엄마가 되어보려 합니다."

그녀의 아기는 건강하게 자랄 것이다. 더없이 훌륭한 엄마를 만났으니….

안아주고 업어주고 싶은 마음

아기를 받은 산부인과 의사에게 가장 힘든 상황은 단연 태어난 아기나 임산부의 상태가 예측하지 못하게 매우 안 좋아지는 경우다. 산부인과 의사를 하면서 이런 상황이 안 생기면 좋으련만 개기일식처럼 주기적으로 벌어진다. 개기일식이 약 2년에 한 번 일어난다고 하는데, 사실 이런 일은 개기일식보다 빈번하다.

임신 초기부터, 아니 그전에 자궁외임신이 되었을 때부터 내게 쭉 진료를 받던 예쁜 부부가 있다. 부부는 외모를 떠나 진료실에서의 태도 등 모든 면에서 예뻤다. 신기하게도 이 부부는 또한 예쁘게 닮아 있었다. 남편은 늘 사랑이 가득 담긴 눈빛으로 아내를 쳐다보았고, 아내는 맑은 눈으로 나를 보며 조심스럽게 조곤조곤 약간의 질문을 할 뿐이었다.

이 임산부의 유일한 단점은 작고 마른 체구였다. 체구가 작고 마른 여성은 당뇨와 혈압 계열의 임신 합병증이 생길 가능성은 낮지만 산후출혈에는 민감해 빈혈도 잘 생기고 수혈을 받을 확률도 증가한다. 이를 걱정해 빈혈 약을 잘 먹으라고 늘 이야기하곤 했다. 아무튼 보통의 임신 경과를 보이던 중 약 34주부터 아기가 엄마의 배 속에서 잘 자라지 않는 상황이 발생했다. 임산부들은 아기가 크면 순산이 어려울까 걱정하지만 산부인과 의사는 큰 아기보다는 작은 아기를 훨씬 더 걱정한다. 매우 작은 아기는 여러 가지 불량한 임신 예후와 관련된다. 따라서 태아가 잘 자라지 못하는 상황에서 태아의 건강상태를 평가하는 초음파검사와 태동검사 등에 이상 징후가 보이면 임신 주수를 고려해 이른 분만을 결정하는 것이다.

이 예쁜 임산부의 아기도 34주 이후 성장이 둔화된 상태라 태아에 대한 검사를 자주 하면서 외래에서 보고 있었다. 임신 37주, 만삭이 되면서 이제는 분만을 고려해야겠다고 판단했으며 결국 38주가 넘어서 유도분만이 결정되었다.

진통 과정은 비교적 순조로웠다. 질정(질 안에 삽입하는 정제)으로 사용하는 유도분만제로 진통이 수월하게 왔고, 자궁문이 10센티미터 열리기까지 걸린 시간도 초산모의 평균 정도였다. 진통 2기도 한 시간쯤 걸렸으니 평균이라 할 수 있었다.

그런데 아기가 태어나면서 상당량의 핏덩어리가 같이 나왔다. 태반조기박리였다. 전형적인 태반조기박리의 증상은 진통과 무관하게 임신 중기 이후 복통을 동반한 질 출혈(사실 질 출혈은 없을 수도 있다)이지만 간혹 진통 과정 중에 태반조기박리가 발생하는 경우도 있다. 이러한 경우에는 심각한 태아 심박동 이상이 동반되지 않은 한 출산 뒤에 진단된다. 사실 태반조기박리는 단일 질환으로써 자궁내태아사망의 가장 흔한 원인이다. 이는 의과대학생들에게 늘 가르치는 강의 내용이다.

결국 아기가 나오기 얼마 전(정확하게 얼마 전인지는 의학적으로 알기 어렵다) 태반조기박리가 발생한 것이었고 태반이 다 나온 뒤에는 약 50퍼센트에서 태반조기박리가 있었던 것으로 관찰되었다. 아기는 창백했고, 잘 울지 않았고, 처진 상태였다. 자발호흡이 시작되지 못했던 것이다.

아기는 자궁내태아발육지연이 동반되었기에 함께하고

있던 소아과 의사의 기도 삽관 후 신생아중환자실로 이동했다. 아기의 상황은 좋지 않았다. 분만 직후 나간 제대동맥의 소견도 매우 안 좋아서 검사 결과 자체를 의심할 정도였다. 진통의 1기까지 정상적인 태아 심박동 소견을 보이던 아기에게 예측할 수 없는 심한 산증 소견이 있었다. 아기는 신생아중환자실에 입원 뒤 경련으로 의심되는 움직임이 관찰되었다. 뇌파검사에서도 신생아 경련을 시사하는 소견이 나타났으며 바로 시행한 뇌초음파검사에서도 뇌부종 소견이 관찰되었다.

가끔은, 아니 산과적으로는 사실 드물지 않게 의사가 예측하지 못한 응급 상황이 분만 과정에서 임산부와 아기에게 발생하곤 한다. 이러한 상황에서 환자가 답답한 만큼 의사도 답답하고 안타깝다. 대개 이런 상황이 되면 그전에는 보이지도 않던 다른 가족들이 몰려와 의사에게 설명을 요구하는 경우가 허다하고 퇴원하면서 아예 차트를 복사해가는 사람도 있다. 그러나 이 부부는 내 모든 설명을 진지하게 받아들였으며 다른 가족들은 나타나지 않았고 특히 남편은 부인을 잘 위로하고 안심시키려 했다.

아기의 치료는 이제 신생아중환자실에 있는 소아과 선

생님들과 아기를 손끝으로 돌보는 간호사들의 몫이었다. 나는 소아과 교수님에게 모든 상황을 상세히 설명하면서 이 착하고 예쁜 부부에게 불행한 일이 생기지 않도록 해달라고 마치 보호자의 입장인 것처럼 부탁드렸다. 매일 몇 번씩 아기의 차트를 열면서 기도했고, 특히 우리 팀 전공의는 매일 신생아중환자실을 분만장처럼 들락거렸다.

그 일주일은 모두에게 힘든 시간이었지만 이러한 상태에서 가장 침착함을 보이고 의료진을 신뢰한 사람은 바로 산모의 남편이었다. 나도 근심 걱정을 숨길 수가 없었는지, 병원에서 복도에서 마주치던 한 내과 교수님이 얼굴에 미소가 없어졌다며 '환자가 안 좋아요?' 하고 물으실 정도였다.

다행히 지극정성으로 치료받은 아기는 출생 5일째가 되면서 조금씩 회복되기 시작했다. 생후 7일째가 되자 기도 삽관을 제거하고 자발호흡을 하게 되었고 먹는 양도 조금씩 늘어갔다. 이후 검사한 뇌초음파에서도 뇌부종이 상당히 호전된 경과를 보였고 MRI 검사도 우려한 것보다 양호한 상태를 나타냈다. 무엇보다 아기의 활동도가 좋아지고 이제 뇌파검사는 정상이 되었다.

아기가 태어난 지 9일째 되는 날. 나는 외래와 응급수술,

분만 등으로 늦은 회진을 하고 분만장에서 나오다가 이 예쁜 산모와 남편을 만나게 되었다. 나는 산모를 와락 안아주었다. 마음 같아선 이 여린 산모를 아기와 함께 업어주고 싶었다. 이 예쁜 부부는 감사하다고 인사를 전했다. 나는 아기가 잘 회복되어서 내가 더 고맙다고 했다. 그렇게 산과 의사로서 나의 어느 금요일이 감사로 마무리되었다.

3주가 지나고 이 산모가 다시 외래로 왔다. 2.3킬로그램으로 작게 태어난 아기가 벌써 3킬로그램이 되었다며 밝게 미소 지으며 연신 감사하다는 인사말을 남기고 갔다. 나는 또 안아주고, 아니 업어주고 싶었다.

특별한 네쌍둥이가 살아갈
삶을 기대하며

세쌍둥이 수술은 여러 번 해봤지만 네쌍둥이 수술은 처음이었다. 수술장 안은 의료진으로 가득 차 발 디딜 틈이 없었다.

네쌍둥이를 품은 그녀는 임신 33주 5일이 되는 어느 토요일 오전에 조기진통으로 분만장에 왔다. 자궁수축억제제를 사용했는데도 결국 조기진통이 진행되어 당일 오후 9시에 수술이 결정되었다.

아기 4명의 예상 몸무게는 1.5~1.8킬로그램. 모두 신생아중환자실로 입원해야만 하는 상황이었다. 조산아라서 아기마다 소아과 의사와 간호사 포함 3명이 필요해 총 12명이 이제 태어날 아기들을 누일 4대의 ICS(Infant care system) 앞에 대기하고 있었다.

산부인과는 나를 포함해 수술 필드에 4명, 수술 필드 밖에서 1명이 있었다. 그리고 마취과 의료진 3명, 수술장 간호사들도 스크럽 간호사를 포함해 3~4명이 수술 준비를 돕고 있었다. 여기에 다큐멘터리 프로그램 〈인간극장〉에서 촬영을 위해 들어온 카메라 감독과 작가까지 총 25명이 한 수술장에 들어와 있다 보니 오염 방지를 위해 서로 부딪히지 않으려고 최대한 배를 홀쭉하게 만들면서 사람들 사이를 지나가야 했다.

이 임산부가 내게 처음 온 것은 임신 17주에 이르렀을 때였다. 평소에 잘 알고 지내던 모 병원의 산부인과 선생님께서 어느 날 전화를 하셨다. 그 병원의 간호사가 배란 유도 뒤 네쌍둥이를 임신했는데 앞으로 조산할 가능성이 크니 내가 근무하는 병원에서 받아주었으면 한다는 것이었다. 기꺼이 보내달라고 말씀드렸다.

임산부는 인상이 좋고 편안해 보였다. 네쌍둥이 임신을 유지하느라 힘든 부분이 많겠지만 그래도 임산부의 큰 키는 앞으로 많은 도움이 될 거라고, 현재 자궁 경부 길이도 안정적이라 잘 버틸 가능성이 많다고 말하며 위로했다.

우리나라 여성의 출산 연령이 높아지고 있음은 이미 여러 차례 뉴스에도 언급되었다. 2016년 기준으로 우리나라 임산부의 4명 중 1명은 이미 35세 이상이다(통계청 자료에 따르면 2008년도에 우리나라 임산부 중 35세 여성이 차지하는 비율은 14.3퍼센트였고, 이 글을 쓴 2016년 기준으로는 26.4퍼센트였으며, 2018년에는 31.8퍼센트로 더욱 증가했다). 임산부의 나이 증가는 가임력 감소와 연관되므로 배란 유도와 시험관임신이 늘어나는 것도 당연하고, 이는 다태임신의 증가로 연결된다.

난임 시술 과정에서 세쌍둥이 이상의 다태임신이 되면 한 태아를 희생시켜 쌍태임신으로 만드는 선택적 유산술을 고려할 수 있다. 세쌍둥이 임신이 쌍둥이 임신보다 평균적으로 더 이른 조산을 하게 되는 것은 맞지만 선택적 유산술에 따른 합병증을 감수해야 한다. 실제로 산부인과 의사들 사이에서도 세쌍둥이에 대한 선택적 유산술 시행은 찬반 논란이 지금까지도 이어지고 있다. 물론 의학적 판단뿐만 아니라 개개인의 철학과 관점이 다른 것은 당연하므로 어떠한 결정이 옳고 그른지 판단하기란 불가능에 가깝다.

이 부부는 선택적 유산술을 고려하지 않았다. 네쌍둥이를 받아들이고 임신을 잘 유지하기로 편안하게 마음먹고 있다는 것을, 아름답게 빛나는 얼굴이 말해주고 있었다.

임신 17주부터 약 3주 간격으로 임산부와 태아의 상태를 확인했다. 다태임신은 태아 간의 몸무게 차이가 의미 있게 벌어지는 일이 가끔 발생한다. 이때 몸무게가 적은 태아는 상대적으로 불리한 조건에 있을 수 있고, 이로 인해 분만을 서둘러야 하는 경우가 생길 수 있다. 다행히 부부의 아름다운 결정에 보답이라도 하듯 태아 넷은 비슷한 크기로 잘 성장했고 임산부는 다태임신에서 더 흔하게 발생하는 혈압 증가나 다른 합병증도 없이 비교적 안정적인 상태를 유지하고 있었다.

임신 30주 정도가 되었을까? 외래에서 만난 그녀는 본인이 현재 〈인간극장〉을 찍고 있는데, 방송 팀에서 외래 보는 장면을 찍고 싶어 한다며 촬영이 가능한지 조심스럽게 부탁해왔다. 요즘 같은 저출산 시대에 힘겹게 네쌍둥이 임신을 유지하고 있는 임산부를 격려하고자 기꺼이 협조하겠다고 답했다.

방송 팀은 병원 홍보팀에 공식적인 협조 요청을 했고 마침내 수술하는 장면까지 찍게 되었다. 카메라 감독과 작가는 당연히 수술장을 처음 봤을 것이고, 네쌍둥이 수술에 이렇게 많은 의료진이 동원되는 것을 보고 적잖이 놀란 것 같았다.

가끔 다태임신의 출산 과정에서 태아와 태반이 어떠한 순서로 나오는지 질문을 받는다. 의사가 아닌 사람들은 물론이고 타과 의사들도 물을 때가 있다.

모든 태반은 마지막 아기의 분만이 이뤄진 뒤에 만출되어야 한다. 태반은 태아와 임산부를 연결시키는 주체다. 태반이 붙어 있던 산모의 자궁면(자궁의 안쪽 면)에는 혈관들이 열려 있는 상태이므로(비유하자면, 샤워기의 단면에서 물이 나오는 부분이 임산부의 혈관이라고 생각하면 된다) 다태임신에서 둘째 이상의 태아가 남아 있는 상태에서 첫째 아기의 태반이 제거되면 수술 필드는 피바다가 될 뿐만 아니라 임산부의 혈압 저하와 아직 자궁 안에 남아 있는 태아로 가는 혈류 감소를 부른다.

네쌍둥이 수술에서 첫째, 둘째, 셋째 아기까지는 매우 순조롭게 나왔다. 그러나 넷째 아기는 자궁 저부, 즉 아주 위쪽에 위치하고 있었다. 이미 출생한 세 아기의 태반은 아직 자궁 안에 있는 상태이므로 자궁의 내강은 마치 모글 스키장과 같이 태반으로 돌출된 상황. 조심스럽게 자궁 저부에 손을 넣고 1.5킬로그램밖에 되지 않는 가녀린 네 번째 아기를 무사히 꺼냈다(조산아의 피부와 뼈는 생각보다 훨씬 약하다. 이러한 과정에서 간혹 신생아의 골절이 발생할 수도 있다).

수술 뒤 산모는 잘 회복해 이윽고 엎드려 잘 수 있는 상태가 되었다. 네 아기는 2~3주간 신생아중환자실에서 치료받고 건강히 퇴원했다. 시간이 지나 〈인간극장〉을 통해 아기들이 무럭무럭 크는 모습을 확인할 수 있었다.

앞으로 산과 의사를 하면서 네쌍둥이를 수술할 일이 몇 번이나 있을까? 선택적 유산술이 많아진다면, 어쩌면 더 이상 없을지도 모른다. 네쌍둥이 부모를 만난 시간을 다시 떠올려 본다. 처음 만난 임신 17주부터 약 4개월간 진료하고 마지막으로 네쌍둥이의 수술을 집도하면서, '주어진 삶'을 감사와 기쁨으로 받아들이는 이 아름다운 부부가 참으로 존경스러웠다.

어찌 보면 인생에서 선택이란 것은 원래부터 없지 않았나 하는 생각이 든다.

세상에서 가장 작은 명함에 담긴 온기

안구정화라는 말이 있지만, 단순히 안구뿐 아니라 보면 볼수록 마음이 정화되는 느낌을 주는 사람이 있다. 특히 어떤 환자(내 경우는 임산부)들이 그렇다. 나는 주로 '신체'의 치료를 제공하지만, 내게 '마음'의 정화를 제공하는 그런 사람들이 있다.

이들은 대개 눈은 반달처럼 예쁘게 웃고 입은 늘 미소를 머금고 있다. 어느 때고 그런 것을 보면, 진료 대기 시간이 길어져도 상황을 잘 이해하는 듯하다. 이들은 분만을 하고 병원을 떠난 뒤라도 불현듯 생각나곤 한다.

그녀가 더 생각이 났던 것은 아기를 받고서야 이 산모가 동화작가라는 것을 알게 되었고, 내가 그 동화들을 찾아서 읽었기 때문이었다. 동화의 느낌은 앤서니 브라운 작품의 한 국판이랄까?

그녀는 첫아이를 낳고 6년이 지나 둘째를 임신해서 왔다. 둘째 아이를 바라고 바라 어렵게 임신하게 되었다고 했다. 너무 반가웠다. 다시 안구정화, 아니 마음의 정화를 주는 사람을 진료실에서 만나게 된 것이다. 훌륭하신 작가님을 다시 만나게 되어 기쁘다고 이야기했다. 진료는 늘 그렇듯 꽤 오래 기다려야 하는 날도 있었지만 그녀는 역시나 늘 마음속에서 우러나는 밝은 미소를 잃지 않았다.

그녀가 그토록 기다리던 건강한 둘째 아이를 낳고 퇴원 뒤 마지막 진료가 되는 시점에서 나는 이메일 주소를 전달했다(의사들은 명함을 잘 들고 다니지 않는다).

그녀는 "아, 제 명함 드릴게요" 하면서 세상에서 가장 작은 버스를 꺼냈다(세상에나, 이게 명함 지갑 같은 거였다). 그러고는 손가락이 겨우 들어갈락 말락한 분홍빛 버스 문을 열고 세상에서 가장 작은 가장 명함을 건네주었다. 이렇게 귀여울 수가! 노안이 온 사람에게는 거의 읽을 수 없는 작은 글씨겠지만, 그 작고 귀여운 명함에서 느낄 수 있는 마음의 안식과 평화는 어린아이가 곰 인형을 보고 마냥 좋아하는 것과 비슷할 것이다. 그 작은 명함을 행여 잃어버릴까 커다랗고 빳빳한 카드 봉투에 넣어 보관했다.

많은 사람을 진료하고 나면 내 얼굴은 마치 물 빠진 스펀지 같아지곤 한다(의사들은 진료 뒤 기가 빨린다는 표현을 더러 쓴다). 그러나 이 산모는 동화작가여서 그런지 특별히 더 밝고 따뜻한 기를 내게 주었다. 동심이 가득한 명함을 주었을 뿐 아니라 자신이 연재하고 있는 동화 사이트를 소개해주었는데, 잠들기 전에 몇 편 보고 자면 피로가 풀리는 듯하다.

고마운 마음이 가득하다.

긍정의 화신에게 찾아온 생명

어느 날 그녀가 임신을 해서 외래로 왔다. 우리 병원의 타과에 다니던 환자였기에 내게 초진으로 등록되면서 그동안 어떠한 질환으로 진단받고 치료 중인지 외래 전 미리 확인하게 되었다(아마 환자 대부분은 모를 것이다. 우리나라 의사들이 5분간 진료하기 위해서 미리 얼마나 많은 시간을 들여 차트를 보고 고민하는지).

이 환자는 만성신부전으로 내과에서 신장이식을 대기 중이었다. 검사 결과를 조회해보니 내과에서 마지막으로 시행한, 신장 기능을 나타내는 사구체여과율(glomerular filtration rate) 수치가 겨우 10ml/min 정도(정상 범위는 60~150ml/min

이다)였다. 순간적으로 눈을 의심했다. 아니, 이런 사람이 어떻게 임신을 했을까? 게다가 이 정도의 신장 기능으로는 임신 12주까지도 버티기 어려울 텐데….

신장 기능은 임신 유지에 직접적인 영향을 미친다. 유산, 임신중독증, 자궁내태아발육지연, 조산 등의 가능성은 신장 기능 저하 정도에 비례해 증가한다(즉 사구체여과율이 낮을수록 임신 유지가 어렵다). 그뿐만 아니라 임산부의 건강상태 자체도 위협을 받는다.

차트를 자세히 보니 이 여성은 임신하기 6개월쯤 전에 내게 임신 전 상담을 위해서 진료를 본 적이 있었다. 이때 이미 그녀는 신장이식 이전에는 임신이 불가능한 상태였다. 거의 매일 투석을 받는다면 모를까….

그녀에게 정말로 미안하지만 내가 6개월 전에 그녀에게 어느 정도로 비관적인 이야기를 했는지 정확히 기억할 수가 없었다. 대개 상담한 내용은 차트에게 적어놓는 편인데 환자의 신장 기능 수치만 적어놓았고 향후 임신에 대해서 비관적 이야기도, 긍정적인 이야기도 남기지 않았다.

아마 현 상태로는 정상 임신을 유지하기 어렵고 임신중독증 등이 생길 가능성이 매우 높다는 이야기와 함께 신장이식 후 임신을 하라거나, 아니면 거의 매일 투석을 받아야 한다는 이야기를 했을 것 같다. 질문을 많이 하는 사람의 차트에 많은 이야기를 적어놓는 내 습관을 고려하면 이 당시 그녀가 그다지 많은 질문을 하지 않은 게 아닐까.

어쨌든 그녀는 임신 19주에 내게 다시 왔고, 물어보니 집이 청주라 그 근처 대학병원에서 매주 네 번씩 투석을 받고 있는 상태라고 했다.

그랬구나. 투석을 받으면서 임신했고, 지금을 버티고 있는 거였구나. 이제야 정상의 10분의 1밖에 되지 않는 신장 기능으로 임신 19주까지 유지해온 상태가 의학적으로 이해되었다.

앞으로 혈압이 증가하면서 임신중독증이 발생하지는 않을지, 또한 아기의 성장이 제대로 이뤄질 수 있을지가 걱정이었다. 그러나 이렇듯 걱정하는 사람은 나 혼자인 느낌이 들었다. 임산부가 너무나 차분하고 질문도 없고 정신적으로 안정되어 보였기 때문이었다.

대개 이런 고위험 임산부가 진료를 올 때면 본인은 물론 가족들도 모두 함께 와서 질문을 쏟게 마련이다. 앞으로 임신중독증이 생길 확률은 어느 정도일까요, 아기는 제대로 클 수는 있는지요, 조산을 하면 장애가 남는 것 아닌가요 등등.

한마디로 이 고위험 중의 고위험인 임산부는 '긍정의 화신'이었다. 이러한 긍정의 화신에게는 앞으로 생길 수 있는 힘든 일에 대해 길게 설명할 것도 없다. 어떠한 일도 잘 받아들일 준비가 되어 있기에. 아니나 다를까 임산부의 입에서 먼저 이런 말이 나왔다.

"선생님, 근데 전에 가던 대학병원 선생님께서 이제 임신 후반으로 가면 일주일에 다섯 번씩 투석받아야 할 것 같다고 하셨어요."

"아, 그러셨군요. 어쨌든 잘 버텨봅시다."

더 이상의 설명은 필요 없었다. 임산부의 긍정적인 마음 덕분에 임신 21주까지 다행히 모든 경과가 순조로웠다. 그런데 21주 경부 길이가 짧아지는 소견이 있어서 조산 예방을 위한 프로게스테론 질정 치료를 시작했고 일주일 뒤 추적 검사에서 경부 소견이 조금 더 악화되어 결국 22주에 입원을 결정했다. 입원 뒤 우리 병원 신장내과 협진이 이뤄졌고 현 상태에서는 일주일에 여섯 번 투석을 받는 게 좋겠다는 의견이 나왔다. 그녀는 고위험 병실에 입원한 상태에서 거의 매일 투석실에 내려가 네다섯 시간 동안 투석을 받고 올라온 뒤 자궁과 태아 상태에 대한 모니터를 시행하며 하루하루를 버텼다. 이제는 짧아진 자궁 경부 길이로 자연조산의 위험도까지 겹쳐진

이 고위험 중의 고위험인 임산부는
'긍정의 화신'이었다
이러한 긍정의 화신에게는
앞으로 생길 수 있는 힘든 일에 대해
길게 설명할 것도 없다
어떠한 일도 잘 받아들일
준비가 되어 있기에

상황, 즉 엎친 데 덮친 격이지만 임산부는 차분함과 긍정의 힘을 잃지 않았다. 안타깝지만 이제는 아기의 성장이 조금씩 더뎌지고 있고 혈압도 간헐적으로 오르는 상황이 발생했다. 앞으로 몇 주를 버틸 수 있을지는 아무도 모른다. 이런 상황에서 많은 사람이 알 수 없는 미래의 상황을 불안해하고 걱정하기 마련이다. 그러나 긍정의 화신인 그녀는 미래에 대한 불안감을 모성애와 의료진에 대한 신뢰로 극복하고 있는 것 같았다.

긴 설 연휴가 시작되기 전. 나는 팀 치프, 주치의와 함께 회진을 돌고 병실을 나오면서 "임산부가 참 긍정적이지? 앞으로 갈 길이 멀 텐데…. 담당 전공의나 간호사들이 응원 메시지를 적어주면 어떨까?"라고 지나가는 말로 한마디를 했다. 그런데 연휴 마지막 날에 담당 치프 전공의에게서 사진과 함께 메시지가 왔다. 담당 전공의가 패널에 푸른 나무를 그려 넣고 포스트잇으로 메시지를 적을 수 있도록 만들어서 임산부에게 준 것이다.

*

그 뒤, 이 '희망 나무 패널'에 담당 전공의와
간호사들이 응원의 메시지를 채워 넣으며
임산부와 아기의 건강을 기원했다.
그리고 이 임산부는 임신 27주에 조기진통이 와서
제왕절개수술로 810그램의 공주님을 낳았다.
희망 나무 패널 덕분이었을까? 아기는 87일간
신생아중환자실에서 치료를 받고 건강히 퇴원했다.

오수영 교수님께.

교수님,
감사의 마음을 어찌
전해야 할지 모르겠어요.
저에게 사랑스런 아기를 볼수있게 해주셔서
온마음다해 감사드립니다.
처음 진료를 받을때부터 차분하게 설명해주시는
교수님을 보으니 왠지모를 신뢰와 믿음이 갔어요.
교수님을 믿고 따라가면 아가를 볼수 있겠단
생각에 마음이 편해졌어요.
교수님과 여러선생님들, 간호사선생님들 덕분에
병원생활에 힘이나고 용기가 생겼어요.
이렇게 받은 관심과 사랑, 평생 감사하는
마음으로 살겠습니다.
전 아직도 수술실에서 잡아주시던 교수님의
따뜻한 손이 잊혀지지가 않아요.
앞으로도 저같은 산모들에게 큰 희망이
되어주세요 ~.
교수님, 다시한번 감사드리고 사랑합니다. ♡

수술실에서 잡아주시던
교수님의 따뜻한 손이 잊지지 않아요
앞으로도 저 같은 산모들에게 큰 희망이 되어주세요

일곱 번의 여정을 거쳐

그녀가 나를 처음 찾아온 때는 세 번째 임신을 하고서였다. 첫 번째 임신 10주에 계류유산, 두 번째 임신 15주에 자궁경관무력증으로 유산하고 다시 맞이한 임신이었다. 세 번째 임신이 안타깝게도 또 유산되어 습관성유산에 대한 검사들을 진행했으나 특별한 이상은 없었다.

습관성유산은 대개 세 번 이상 연속 자연유산을 하는 것으로 정의된다. 원인 불명의 습관성유산인 경우 예후가 전반적으로 그리 나쁘지 않아 다음번 임신의 성공 확률이 60~70퍼센트에 이른다. 하지만 그녀의 네 번째 임신은 치명적인 염색체 이상이 동반되어 결국 유산으로 끝이 났다. 이후 다섯 번째,

여섯 번째 임신도 각각 8주와 9주에 유산되었다. 다행히 그때는 염색체 이상이 동반되지는 않았다. 내가 소파수술을 한 횟수만 세 번. 수술을 위한 수면마취를 시작하면서 바라본 그녀의 눈가에는 눈물이 점점 더 진해지는 것 같았다.

반복적인 유산에 대한 두려움에 그녀는 시험관임신을 하는 것이 어떻겠냐는 의견을 물어왔다. 하지만 임신 자체가 안 되는 게 아니라 유지가 안 되는 게 문제였다. 이런 상황에서 시험관 시술이 임신 유지율을 높이지 않는다는 연구 결과가 이미 중요한 논문으로 밝혀졌기에 나는 시험관임신을 권하지 않았다.

계속되는 유산을 지켜본 나도 안타까운 마음이 그지없었다. '유산입니다'라는 진단을 내리고 이야기를 전하는 것은 산부인과 전문의가 된 지 20년이 넘었어도 여전히 어려운 일 중 하나다. 대부분의 부부는 아기를 갖는 순간부터 건강한 출산을 기대한다. 그 때문에 유산 소식을 듣는 것은 새로운 가족의 탄생을 목표로 출발선에서 겨우 한 걸음을 떼었을 뿐인데 심하게 넘어진 것처럼 느껴질 수 있다. 남들은 다 수월하게 달리는데 왜 나만 자꾸 넘어지는지, 자괴감이 들 수도 있고 쓸데없는 죄책감에 괴로워하기도 한다.

여섯 번째 임신이 유산으로 끝난 시점에서 나는 그녀의

다음번 임신에서 면역글로불린 치료를 시도해보기로 마음
먹었다. 다행히 이즈음 건강보험심사평가원에서 특정 기준
을 만족할 때 습관성유산에 대한 면역글로불린 치료를 인정
한다는 의견서가 병원으로 전달된 터였다. 이 치료는 수정이
이뤄질 것으로 예상되는 시점부터 시작해야 해서 비싼 주사
를 맞고도 금번에 임신이 성립되지 않을 수도 있었다.

　마침내 그녀는 네 번째 면역글로불린 치료를 받고서 임
신이 되었다. 임신 5주 태아의 심박동을 확인한 뒤 임산부는
유산이 잘 일어났던 임신 초기를 하루하루 버텨나가고, 나도
거의 일주일 간격으로 태아 상태를 확인했다. 초음파의 프로
브를 들 때마다 혹시나 아기의 심박동이 멈춰 있지 않을까 걱
정되어 그녀도 나도 긴장하지 않을 수 없었다.

　그렇게 12주가 넘어 자궁경관무력증에 대한 치료로 자
궁경부봉합수술을 시행했고, 긴장과 걱정의 분위기는 점차
기대와 행복의 빛을 띠게 되었다.

　계절이 바뀌고 임신 37주, 만삭이 시작되었다. 그녀는
태동 감소를 이유로 분만장에 두 번 입원했다. 이제 출산이
라는 마지막 마침표만 찍으면 되는 것이었다.

　출산을 앞둔 막달에는 이에 해당되는 위험이 존재한다.
특히 태동이 현저히 줄어드는 건 불량한 임신 예후와 관련되

는 경우도 더러 있기에 태아의 건강상태에 대한 여러 검사를 시행했다. 두 번째 입원한 밤에 본격적인 진통이 왔고 새벽에 자궁 경부의 개대(열리는 것)가 완료되었다. 그러나 안심할 수 없는 태아 심박동 이상이 발생했으며 결국 수술을 하기로 했다.

아기는 건강하게 태어났다. 산모는 수술장에서 아기를 본 뒤 그동안 참았던 울음을 터뜨렸고, 이는 생각보다 길게 지속되어 나는 흔들림을 느끼며 봉합할 수밖에 없었다.

수술을 마치고 나오면서 보호자를 만났는데 남편은 내 손을 덥석 쥐면서 연신 감사하다고 말했다. 산모는 이렇게 아기를 안으니 6년이란 긴 시간의 고생이 잊히는 것 같다고 이야기했다.

한 생명이 그토록 많은 위험을 뚫고, 아주 작은 확률을 통과해, 우여곡절 끝에 우리 곁에 다다른 것이었다.

아가, 네가 태어나
처음 만난 사람이 나야

2019년은 우리 병원이 25주년이 되던 해다. 25주년 기념일을 앞두고 병원에서 여러 준비를 했다. 평소에 친하게 지냈고 또한 늘 많은 것을 도와주신 멀티미티어 파트에서 연락이 왔다. 병원의 25주년 기념 동영상을 제작하는 과정에서 우리 병원에서 치료받은 환자의 감사 인터뷰를 취재하고 있는데, 산모 추천을 부탁한다는 것이었다. 우리 병원에서 일해온 15년 동안 진료한 수많은 고위험 산모가 머릿속을 지나가다 한순간 갑자기 떠오르는 산모가 있었다.

6년쯤 전이었을까? 인천에 사는 임산부가 외래로 방문

했다. 임산부는 중등도 이상의 심각한 심장질환을 가지고 있었다. 결혼을 한 지는 이미 몇 년이 지났지만 심장 상태가 매우 안 좋아 다니던 병원에서 임신은 불가하다는 이야기를 들었던 터였다.

심장질환이 있는 여성은 고위험 임산부에 속한다. 아주 심한 심장질환이 있으면 간혹 임신 자체를 권장하지 않는 경우도 있다. 그 이유는, 임신을 하면 자궁과 태아로 가는 혈류를 유지하기 위해서 심장이 약 1.5배 더 일해야 하기 때문이다. 따라서 임신 전부터 이미 상당한 심장 기능의 저하가 있다면 임신 유지가 어려울 수 있다. 그럼에도 '어렵다', '위험하다'와 '불가능하다'는 것은 각기 다른 의미를 품고 있음을 임산부와 보호자뿐만 아니라 의사도 잘 이해해야 한다.

그녀는 결국 엄마가 되고 싶은 간절한 소망으로 우리 병원을 찾았다. 임신을 하면 본인이 매우 위험해질 수 있는 상황과 아기를 갖고 싶은 열망 사이에 갈등하며 그녀는 아마 셀 수 없이 많은 날 동안 눈물로 베개를 적셨을 것이었다. 그녀는 우리 병원 흉부외과 성기익 교수님께 어려운 심장 재수술을 받고 결국 그토록 원하던 임신을 하게 되었다. 이후 우리 병원 내과(박성지 교수)와 산부인과 진료를 병행했다. 재수술을 했는데도 워낙 심장 기능이 좋지 않았기에 임신 30주를 넘어가면서 심부전 증상이 나타나 입원하게 되었다. 입원 후 2~3주를 버텼으나 부정맥이 심해져 34주에 유도분만을 결정했다.

심장이 안 좋은 것 자체가 제왕절개수술의 적응증이 되는 경우는 드물다. 오히려 대부분은 질식분만이 출혈, 감염 등 여러 위험성을 감소시킬 수 있는 분만 방법이 된다. 한편 조산에서의 유도분만은 만삭에서의 유도분만보다 시간이 오래 걸리고 수술 가능성이 증가하는 것도 사실이다. 우리는 유도분만을 통한 질식분만에 최선을 다했으며 결국 그녀는 임신 34주에 3일간 유도분만 과정을 거쳐서 2.1킬로그램의 아기를 건강하게 출산했다. 너무나 보람찬 순간이었고, 감사했다.

그 당시 갑자기 왜 〈조선일보〉 기자에게서 연락이 왔는지 잘 기억나지 않는데, 어쨌든 결과적으로 이 고위험 산모의 분만이 신문의 사회면에 "'80대의 심장'을 가진 그녀, 2.1킬로그램 딸 출산"이라는 제목으로 실리게 되었다.

그리고 산모는 출산 뒤 내과에서 정기적으로 심장에 대한 검사를 해오다가 남편의 직장 문제로 강릉으로 이사를 가게 되었다. 이사 사실을 알게 된 것은 그녀가 출산하고 2년

'어렵다', '위험하다'와
'불가능하다'는 것은
각기 다른 의미를 품고 있음을
임산부와 보호자뿐만 아니라
의사도 잘 이해해야 한다

쯤 지나 나와 박성지 교수에게 강릉의 신선한 생선을 보내주었기 때문이다. 아직도 기억이 생생하다. 택배 상자를 열어보니 신선한 오징어와 생선(그게 도루묵이라는 건 친정 어머니에게 물어봐서 알게 되었다)이 그득 들어 있었다. 출산하고 2년이 지나서도 나를 기억하고 보내준 하얀 택배 상자는 더할 나위 없는 감사의 선물이었다. 그녀에게 직접 전화해 안부를 묻고 고마운 마음을 전했고, 만 2세가 된 예쁜 공주의 사진도 받았다. '아가, 네가 세상에 태어나 처음 만난 사람이 바로 나야. 그리고 엄마가 너를 아주 간절히 원했단다'라고 마음으로 아기에게 인사를 나누었다.

멀티미디어 김철현 파트장님에게 메일을 받고 바로 떠오른 그녀에게 나는 메시지를 보냈고, 그토록 힘들게 세상에 나온 딸이 내년에 초등학교 입학을 앞둔 예쁜 꼬마 숙녀가 되었다는 소식을 들었다. 또한 그녀는 흔쾌히 감사한 마음으로 병원 25주년 인터뷰에 응해주기로 했다.

이런 일들로 짧은 오전을 보내고 오후 외래를 시작하는데 첫 환자로 한 여성이 진료실로 들어왔다. 30대 중반의 이 임산부는 임신 6주였고(초진 환자를 볼 때면 늘 주소지가 어딘지 확인하는 습관이 있는데, 이 임산부의 집도 인천이었다) 젊은 여성으로서는 매우 드물게 3주 전 심근경색으로 심장에 스텐트를 넣는 시술을 받은 뒤 일주일 만에 임신 사실을 알게 되었다고 했다. 임산부는 시술한 병원의 산부인과 팀으로부터 방사선 노출 기간이 태아에게 중요한 영향을 주는 시기라고 볼 수는 없으니 괜찮을 수도 있다는 의견을 들었다. 그러나 내과 팀으로부터는 시술과 관련된 방사선 노출뿐만 아니라 임신 중 심근경색증 재발 위험성 등 심장질환의 중증도 때문에 임신 유지가 어려우니 소파수술을 받으라고 권유받고 입원했다. 그런데 수술 바로 전날 밤, 임산부는 어느 정도로 자랐을지 모르는 이 배아에 대한 여러 걱정과 갈등 끝에 결국 그다음 날 아침에 수술을 취소했다. 그리고 당일 오후 내 외래를 온 것이었다.

나는 우선 초음파검사를 시행했다. 7미리미터쯤 되는 배아가 활발한 심박동을 보이며 엄마를 기다리고 있었다. 그녀는 본인이 어젯밤 소파수술을 앞두고 병실에서 그토록 곱씹어 고민하지 않았다면 결코 만날 수 없었을 아기의 심박동 소리를 듣고 왈칵 울음을 터뜨렸다. 나도 역시 방사선 노출이 태아에게 중요한 영향을 주는 시기로 보기 어렵다는 설명과 함께, 임신 자체로 심근경색의 재발 확률을 높인다고 볼 수는 없다고 말했다. 그리고 임신하면 심장이 약간 더 일을 해야 하는 것은 맞고 어려운 상황이 생길 수도 있지만, 이 병원에 더 어려운 심장질환을 가진 임산부도 많았으며 중요한 건 본인과 남편의 의지와 결정이라고 이야기를 해주었다.

웬일인지 머릿속에 오늘 오전에 연락을 나눈 인천에 살던 그녀와 이제 여섯 살이 된 귀여운 꼬마 숙녀의 모습이, 지금 내 앞에 앉아 있는 임산부와 아직 7미리미터밖에 되지 않는 배아의 모습에 겹쳐졌다.

금요일 오후 외래는 항상 지연되는데… 그게 중요한 게 아니었다. 어쩌면 '80대의 심장을 가진 그녀'도 지금 이 임산부를 응원하고 있을 것만 같았다. 나는 6년 전 이 병원을 찾아왔던 그녀의 출산과 바로 오늘 연락을 취한 이야기까지 풀어내고서 진료를 마무리했다. '인천'에서 온 환자가 아니었다면, 바로 오늘이 아니었다면 나는 이 두 사람을 연결시키지 않았을 것이다. 우연일까? 내게는 '소오름'이 느껴졌다.

일주일 뒤. 병원 멀티미디어 파트에서 강릉에 사는 그녀를 인터뷰하기 위해 출발한다고 했다. 나는 내년에 초등학교에 들어간다는 그녀의 예쁜 딸을 위해 6년 전에 실린 기사와 아이에게 보내는 편지를 액자에 담아 담당 작가 편에 보냈고, 다음 날 고사리손으로 예쁘게 써 내려간 답장을 받았다.

심근경색 치료를 받고 임신을 유지하기로 결정한 임산부의 아기에게도 나중에 자신이 얼마나 소중한 존재인지, 이 세상에서 가장 먼저 만나는 사람으로서 알려줄 것이다.

오수영 선생님께
제가 태어날수있게
도움주셔서 감사합니다.
건강하고 씩씩하게
잘 자랄께요.

감사합니다.

선생님의 도움으로
행복한 날들을 보내고 있습니다.
평범한 엄마의 삶을 살게
해주셔서 온 마음을 다해
감사드립니다.
작었던 아기가 이제는 20kg
나가는 7세 어린이가 되었어요.
선생님 정말 감사합니다.

제가 태어날 수 있게 도움 주셔서 감사합니다
건강하고 씩씩하게 잘 자랄게요

3부

아주 작은 확률을 뚫고

찾아와줘서 고마워

부모를 존경하고 고마워할 거예요

외래를 보다 보면 태아 기형과 관련해 오는 사람이 많다. 이들과 상담하며 나누는 이야기에는 순서가 있다. 진료를 돕기 위해서 들어오는 간호사나 사원 친구들은 내가 녹음기처럼 똑같은 이야기를 반복하는 것을 보면서 속으로 웃을지 모르겠다.

태아 기형으로 진단된 임산부는 가족과 한꺼번에 들어오는 경우가 많다. 그러면 인사하면서 남편 외의 보호자에게 "관계가 어떻게 되세요?" 하고 묻는다. 선입견일 수 있으나 보호자가 친정어머니인지 시댁 식구인지에 따라 분위기가 달라지는 경우가 흔해서다. 그래서 동반자가 임산부의 시댁 쪽이면 이러한 태아 기형이 '확률적'으로 발생하는 것이지 임산부에게 문제가 있는 게 아님을 다시 한번 강조하려는 것이다. 이렇게 관계를 파악한 뒤 상담을 시작한다.

가장 먼저 이야기하는 것은 이렇다.

"세상에 태어나는 아기가 모두 외형적으로 정상으로 태어나면 좋겠지만 실제로 그렇지 않습니다. 100명 중 2~3명은 크고 작은 구조적 이상을 갖고 태어납니다."

이런 말을 하는 이유는 선천성 기형이 얼마나 흔한지 강조하기 위해서다. 한편으로는 임산부와 보호자가 파악할 수 있을지 없을지는 모르지만 '외형적', '구조적'이라는 것을 강조해 태아 또는 신생아의 '기능적인' 이상은 우리가 산전에 전혀 알 수 없음을 간접적으로 알려주기 위해서다. 가끔 임산부와 보호자가 초음파검사에서 (구조적인) 이상이 없다는 말을 듣고 아기가 태어나 처음으로 일을 시작해야 하는 폐기능, 소화 기능 등 모든 기능이 정상일 거라고 오인하는 사례가 무척 많기 때문이다.

두 번째로는 이렇게 이야기한다.

"TV에서 선천성 심장병 아기들 이야기 들어본 적 있지요? 태아 기형은 확률적으로 전체 신생아의 2~3퍼센트를 차지해요. 그중에는 다운증후군과 같은 염색체 이상도 있고 선천성 심장병도 있고 콩팥계열이 안 좋거나 장이 막힌 경우, 뇌의 이상이 있는 경우, 구순열 등 여러 종류가 있습니다. 선천성 심장병만 예를 들어도 1,000명 중 8명, 100명 중 1명꼴로 태어납니다."

이어서 현재 배 속 아기의 기형은 어떤 종류인지 알려준다. 이 모든 설명은 동그라미를 그려가며 한다.

세 번째 단계에서는 각 질병을 구체적으로 설명한다. 예를 들어 선천성 심장병은 몇십 년간 소아흉부외과와 소아청소년과 심장 전문 분야의 치료 성적 향상으로 치료 뒤 경과가 매우 양호함을 강조한다. 신장계열 이상이면 신장 이상의 종류가 얼마나 흔한지, 또한 신장은 몸에 2개가 존재하니 얼마나 다행인지를 힘주어 이야기한다. 장기 이상 중 구순구개열과 같은 얼굴의 이상은 동반 기형 유무와 염색체 이상에 대해 간략하게 설명하고 '아기가 생겼으니 낳고 나서 잘 치료해야 되지 않겠느냐'고 말한다. 구순구개열이 진단되는 임신 주수는 대개 임산부가 태동을 느끼는 20주 이후 시기다. 몸속에서 소중한 생명이 자라고 있음을 이미 느낀 상태에서 (법적인 문제를 차치하더라도) 임신 종결은 고려의 대상이 아니라고 나는 생각한다. 최근에는 선천성 기형에 대한 상담이 비교적 간결해졌다. 경우에 따라 "낳고서 보면 됩니다"라고 문제를 단순화해 말한다.

그리고 마지막으로 2011년 몇 달간 심혈을 기울여 만든 우리 병원의 태아통합클리닉 홈페이지를 열어 보여주고 집에 가서 잘 보라고 이야기해준다. 아울러 선천성 구순구개열의 수술 뒤 사진을 보도록 하고, 태아 기형을 진단받은 뒤 임신을 잘 유지하고 아기가 출생하고 나서 치료를 받게 한 산모의 수기를 모집한 사이트도 들어가 보게끔 한다. 그럼으로써 이러한 일이 얼마나 흔하게 일어나는지 다시 한번 느낄 수 있도록 한다.

대개 부부만 진료실에 오면 임신 종결을 고려하는 경우가 거의 없다. 그러나 양쪽 집안의 할머니와 할아버지가 함께 오면 구순구개열과 같은 외형적인 이상을 부정적으로 생각하는 경우가 많다. '태어날 아기가 사람 구실을 하겠냐'라거나 '아기가 겪을 고생이 안쓰러워 임신을 종결하고 싶다'라는 말도 더러 한다.

내 의견은 분명하다. 그런 우려는 말씀하시는 분의 생각이지, 엄마 몸속에서 발차기를 겨우 시작한 태아의 생각은 아니라는 것. 그래서 사람 구실을 하겠냐는 질문에 속으로 이렇게 답한다.

'사지 멀쩡하게 태어나서 추후에 패륜아가 되는 경우도 가끔 신문에 납니다. 비록 선천성 기형이 있지만 엄마와 아빠가 좋은 생각만 하고 건강하게 낳아 수술적인 치료를 잘 받게 해준다면 이 아이가 훗날 부모를 얼마나 존경하고 사랑하며 평생 고마워하겠습니까.'

아기가 겪을 고생이 안쓰러워 임신을 종결하고 싶다는 말에는 '아기가 겪을 고생'이 아니라 그걸 옆에서 지켜봐야 할 '부모의 고생'을 회피하고자 하는 마음이 있지 않을까 생각한다.

아주 예전에 1월생 아들을 둔 언니가 아들을 초등학교에 보내려고 하는 시점에서 1년을 먼저 보낼지 늦게 보낼지에 대해서 소아과(또는 소아정신과)에 가서 상담을 받고 왔다. 특히 남자아이가 또래보다 체구가 작으면 괜히 덩치가 큰 친구들에게 치일 것 같다고 걱정을 많이 하던 시절이다(지금도 그런 생각을 가진 사람이 많은 것 같긴 하지만). 언니는 병원에 다녀와서 이러한 이야기를 해주었다.

"수영아, 소아과 선생님께서 그러시는데 1월생이라 학교를 일찍 가는 아이를 걱정하는 것은 100퍼센트 부모의 정신적인 문제지, 아이는 전혀 문제가 없대. 학교에서 잘 적응

하지 못하는 일은 체격이 큰 남자아이에게도 있을 수 있고. 부모가 쓸데없는 걱정을 하는 게 문제라고 하더라."

이 상담 내용은 산전에 구순구개열로 진단받고 출생 후 여러 단계에 걸쳐 수술적인 치료를 받아야 하는 아이들에게 그대로 적용되는 내용이 아닐까 생각한다.

산전에 발견되는 어떠한 선천성 기형도 아이가 세상에 태어나지 말아야 할 이유가 될 수는 없다는 것이 나의 생각이다(물론 드물게 예외는 있다. 예를 들어 양측성으로 신장이 없는 기형이라면 어느 주수에 태어나도 생존 능력이 없다). 만약에 사지 멀쩡하게 태어난 아이가 놀이터에서 넘어져 얼굴이 찢어졌다면 부모는 당연히 수술적인 치료를 받도록 했을 것이다. 양악수술도 많이 하는 우리나라에서, 수술적인 위험성이 그보다 훨씬 덜한 구순구개열에 대한 수술이 왜 아기에게 고생이 된다고 생각하는 것인가. 마음을 정직하게 들여다보자. 이는 아이의 고생이라기보다는 아이의 고생을 옆에서 보고 싶지 않은 어른의 마음일 뿐이다.

잘못된 교과서를 뛰어넘는 마음

오늘 에드워드증후군 태아를 가진 임산부의 제왕절개수술을 집도했다. 에드워드증후군은 18번 염색체 이상으로 심장뿐만 아니라 뇌의 기형 등 여러 장기의 이상을 동반하는 질환이다. 예후가 나빠 에드워드증후군을 갖고 태어난 아기들 중 반 정도는 출생 후 일주일을 넘기지 못하며 1년 생존율이 8퍼센트로 알려져 있다.

이렇게 지극히 불량한 예후 때문에 한 산부인과 초음파 책(물론 미국 교과서다. 여기서 우리나라의 임신 종결에 대한 법적인 내용은 논외로 한다)에는 에드워드증후군이 산전 태아의 생존 능력 이전에 진단되면 임신 종결이라는 옵션을 주고, 태아의 생존 능력 이후에 진단되면 진통 중에 태아의 심박동 이상이 생겨도 웬만해선 제왕절개수술을 하지 말라고 되어 있다. 엄밀히 말해 출생 뒤 며칠 또는 몇 주밖에 생존할 수 없는 아기를 위해서 제왕절개수술을 하면 모체에 이환율만 높이므로 권장하지 않는 것이다.

5년쯤 전이었을까? 내과 의사인 임산부가 양수검사를 시행한 결과 태아가 에드워드증후군을 가진 것으로 진단되었다. 임신 종결의 선택권을 주었으나 임산부는 임신 유지를 원했다. 본인이 의사이니 에드워드증후군의 불량한 예후를 충분히 알았겠지만 임산부와 남편은 아기에게 최선을 다하고 싶다고 했다. 의견에 따라 임신 경과를 지켜보다 만삭이 되었다. 그러나 고민은 여기서 끝나지 않았다.

에드워드증후군은 진통 중 태아 심박동의 이상 소견이 자주 발생한다. 앞서 말했듯 초음파 교과서에 따르면 진통 중에 이러한 이상이 생기더라도 제왕절개수술을 하지 말고 방치해야 한다. 그런데 지금까지 태아의 생존 능력 이전부터 미리 진단된 에드워드증후군을 알면서도 임신을 유지한 것은 생존아 분만을 위한 것이 아닌가? 진통 중 사산이 되는 것을 방치할 정도라면 지금까지 끌어온 보람은 무엇이고 진통 끝에 아기를 안아보고 싶어 하는 임산부에게 사산의 충격을 주는 것이 정당하다고 할 수 있을까.

임산부에게 허심탄회하게 고민을 이야기했고, 임산부는 이상이 생기면 수술해달라고 했다. 나는 수술 전 검사들을 챙겨놓았다.

임산부의 기도를 듣고 신이 도운 것일까? 다행히 진통 중 태아 심박동 이상은 생기지 않았고 양수과다증이 있었지만 진통의 과정은 순조롭게 이뤄져 순산했다. 신생아는 옅은 울음을 보이고 열 달 동안 함께했던 엄마의 품에 안겼으며 산모와 남편은 눈물을 흘렸다. 결국 아기는 서너달가량 생존하다가 사망했다.

오늘 수술한 36세 임산부는 임신 27주에 내게 처음 왔다. 그녀는 타 병원에서 임신 초기에 융모막검사를 통해 태아가 에드워드증후군인 것을 알았지만 임신 종결을 원하지 않는다고 했다. 그리고 바로 5년 전에 내게 왔던, 내과 의사인 산모의 이름을 이야기하면서 그분의 소개로 왔다고 말했다. 그녀는 내게 생명의 소중함을 다시 한번 가르쳐주러 온 천사였던 것이다.

아기는 심장과 뇌의 이상이 동반되어 있었고 시간이 흐

르면서 특징적인 자궁내태아발육지연이 관찰되었다. 결국 오늘로 임신 41주가 되었고 유도분만을 시도했다. 그런데 진통 초기부터 심각한 태아 심박동 이상이 발생했다. 자궁문이 1센티미터도 채 열리지 않은 상태에서….

나는 5년 전에 했던 고민을 다시 조심스레 이야기했다. 교과서적으로는(과연 교과서는 우리에게 무슨 의미인가?) 이런 상황에서 제왕절개수술이 권장되지 않지만 지금까지 임신을 이어간 애틋한 마음을 알기에 수술을 바라면 당연히 하겠다고 말했다. 예상대로 부부는 수술을 원했고 소아과 면담에서도 DNR(do not resuscitate)을 거부하고 태어날 아기에게 최선을 다해달라고 부탁했다.

에드워드증후군이 동반된 태아를 품은 임산부에게 제왕절개수술을 한 것은 산부인과 전문의 13년 만에 처음이었다. 수술 전 임산부에게 "그 피부 아주 조금 절개하고 예쁘게 해줄게요"라는 말로 어설픈 위로를 건넸다. 아기는 출생 뒤 신생아중환자실로 이동했고, 심장 기형의 종류가 어려운 편이라 생사를 힘겹게 방황하고 있다.

가끔은 이렇게 심각한 질환이 비교적 일찍, 생존 능력 이전에 발견되어도 임신을 잘 유지해서 아기를 품에 안고 최선을 다하는 임산부와 보호자들이 있다. 이러한 천사들에게 에드워드증후군이 진단된 경우 진통 중에 태아 심박동 이상이 생기더라도 제왕절개수술을 하지 말라고 적혀 있는 책은 '잘못된 교과서'일 뿐이다. 부디 아기가 조금이라도 더 살아 있기를 바라는 마음만 가득하다.

✳

아기는 심장질환으로 생후 6일째 어려운 수술을 받았다.

이후 심장 팀과 신생아중환자실 의료진의 노력으로 백일 무렵 퇴원해 부모 곁에서 애틋한 사랑을 받을 수 있었다.

그러나 안타깝게도 워낙 심한 심장질환이 동반된 상태라 생후 약 9개월에 하늘나라로 갔다.

살아남을 수 있을 때까지 버텨주길

모체태아의학회 심포지움 참석 중 전화가 울렸다. 조기 진통으로 입원한 쌍태임신 임산부가 첫째 태아의 탯줄이 갑작스러운 양막파수와 함께 자궁에서 질로 빠져나와서 수술장에 응급으로 내려간다고.

임산부는 과거에 자궁경관무력증으로 타 병원에서 임신 25주에 조산을 했고 태어난 아기는 약 2주를 신생아중환자실에서 버티다가 하늘나라로 갔다고 했다. 당시 임신 21주에 자궁경관무력증이 생겨서 자궁 경부를 묶는 수술을 했고 이후 다시 양막이 흘러나와 23주에 재수술한 뒤 결국 25주에 조산했으나 아기는 생존하지 못했던 것이다.

이번 임신은 시험관임신으로 쌍태임신이 된 상태에서 모 병원에서 복식자궁경관봉축술을 했다고 말했다(과거에 이렇게 아주 이른 조산을 겪은 사람들은 난임 시술 시 제발 천천히 가더라도 수정란을 하나만 넣길 바란다. 중요한 것은 임신이 아니라 건강한 아기의 출생이 아닌가). 이후 약 21주부터 조기진통이 발생했고 21주 반이 지나 우리 병원으로 왔다.

이러한 자세한 병력은 임산부의 남편이 이메일로 자세하게 써서 보내주어 알게 되었다. 남편은 도와달라고, 이번에 어떻게 해서든지 아기를 엄마 배 속에서 오래 키울 수 있도록 해달라고 했다. 이렇게 시작하는 답장을 썼다.

'임산부가 아직 어린데 이렇게 힘든 일을 많이 겪어서 참 안쓰럽고 마음이 아프네요….'

입원 당시 이미 임산부의 양막은 자궁 경부를 묶은 수술 지점을 통과해 자궁 경부 쪽으로 돌출한 상태였다. 며칠간 보존적인 치료를 했는데도 22주에 결국 양막은 질 쪽으로 돌출했다. 임산부는 아기들이 하루라도 배 속에 머물 수 있도록 애썼다. 그녀는 절대안정을 위해 하지를 올리고 누운 채 잘 버텨나갔다. 폐 성숙 주사, 예방적 목적의 항생제, 자궁수축억제제 등 의학적 치료에 임하는 임산부와 가족, 의료진의 마음을 신이 알아주신 것일까? 23주 1일이 되는 시점에서 흘러내렸던 양막은 자궁 쪽으로 상당히 들어가 호전된 양상을 보였다. 임산부에게 이 추세면 앞으로 임신을 더 잘 유지할 수 있을 거라고 용기를 주었다. 그렇게 격려했건만 그다음 날인 토요일 오후 병원에서 걸려온 불길한 전화는 그녀에게 갑작스러운 양막파수와 이에 따른 제대탈출이라는 또 다른 불운을 닥쳤음을 알려주었다. 25주 조산으로 아기를 하늘나라로 보내고 1년도 채 지나지 않아 이제는 23주에 두 아기를 분만해야 하는 상황이 일어난 것이다.

일단 환자를 다시 병실로 올리라고 지시한 다음 병원으로 향했다. 만약 쌍둥이가 아니었다면, 첫 번째 임신에서 25주 조산으로 아기를 잃지 않았다면, 나는 바로 수술을 집도했을 것이다. 그러나 내 판단은 다르게 정해졌다. 이미 탯줄이 빠진 첫째 아기를 희생시키고 정상적으로 잘 있는 둘째 아기를 어떻게 해서든 엄마 배 속에 오래 머물게 해 좀더 건강한 아기가 나올 수 있도록 하는 것.

병원에 도착해 임산부와 남편에게 이러한 판단에 대한 선택권을 주었다. 이처럼 어려운 상황, 의학적인 판단이 어려운 경우가 분만장에서 발생하곤 한다. 그럴 때마다 의학적인 지식과 경험에 비춰 내 가족이면 어떻게 했을지를 기준으로 판단한다. 전공의들에게도 의학적 결정이 어려울 때 이 상황에서 '나라면 어떻게 할지'를 생각하면 최선의 선택이 나온다고 가르쳐왔다. 임산부에게도 내 가족이라면 나는 이 방법을 선택할 것 같다고 이야기했다. 남편은 그렇게 해달라고 했다.

태줄이 빠진 태아는 서맥을 겪은 상태였지만 아직은 생명의 줄을 놓지 않고 있었다. 자연 경과를 기다리기엔 감염의 위험이 커서 정상적인 둘째 아기에게까지 영향을 미칠 가능성이 컸다. 결국 이 미약한 태아의 생명줄을 놓아주었다. 이제는 엄마의 배 속에 잘 있는 태아가 무탈하게 자라서 '건강한 생존'이 가능한 주수에 나와주길 기도한다.

*

4일 뒤, 둘째 아기는 24주에 690그램으로 태어나
119일 동안 신생아중환자실에서 치료받고 퇴원했다.
비록 4일밖에 더 배 속에 있지 못했지만
아기가 건강히 자라고 있으니,
나의 기도를 신이 들어주신 것이 틀림없다.

희망을 주는 의사에서
절망을 주는 의사로

제류(omphalocele)란 탯줄 부위로 아기의 소장 또는 간 등의 장기가 빠지는 선천성 이상이다. 제류의 발생빈도는 3,000~4,000명 중 1명이다. 제류의 예후는 동반 기형의 유무, 동반 염색체의 이상에 달려 있다.

내 환자 중 간까지 탈장된 커다란 제류의 태아가 연달아 2명이나 있었다. 임산부들은 상담 뒤 잘 따라와주었다. 태아의 염색체가 정상인 것을 확인하고 만삭에 잘 낳아 소아외과에서 수술을 받게 했다. 그 뒤 아기들은 배꼽에 약간의 수술 자국만 남기고 건강하게 퇴원했다. 한 산모는 "기적처럼 만난 우리 아이"라는 제목을 단 감사의 글을 병원의 홈페이지에 올리기도 했다.

그녀는 임신 13주였을 때 내 외래로 처음 방문했다. 타 병원에서 제류로 진단된 뒤 임신 종결을 권유받고 온 것이었다. 지금도 그녀를 상담했던 순간을 정확히 기억한다. 진료실 9번 방이었고, 그때 같이 온 친정엄마로 보이는 보호자는 내가 볼 때 왼편에 서 있었다. 나는 여느 때와 비슷하게 상담했을 뿐이었다.

"동반 기형과 염색체 이상이 없다면 예후는 좋을 수 있습니다. 제류 자체는 크기가 큰 편이고 간의 일부까지 빠져 있긴 하지만요."

또한 우리 병원에서 수술한 커다란 제류의 수술 후 사진을 병원 홈페이지를 통해 소개해주기도 했다. 타 병원에서 임신 종결을 권유받고(물론 보호자가 전하는 이야기다) 왔던 터라 희망을 주는 이야기를 듣고 임산부와 보호자는 고마워했다. 이후 염색체검사를 시행했으며 다행히 정상으로 나왔고 동반된 구조적인 이상이 없는 상태로 임신 20주를 잘 넘어가고 있었다.

그러나 임신 22주 초음파검사를 시행했을 때 아기는 약간의 복수가 생기기 시작했다. 제류가 있으면 약간의 복수가 있는 경우가 가끔 있기에 추적 검사를 하자고 하고 25주에 다시 초음파를 보았다. 이게 웬일. 아기의 복수는 현저하게 악화되고 양수도 많아진 데다 태반도 약간 커 보이는 등 태아수종이 의심되는 증상들이 발생한 것이었다.

태아수종이란 전반적으로 아기가 부은 상태로, 어른도 심장이나 간 기능이 안 좋아지면 전신부종이 생기는 것처럼 태아도 여러 이유로 태아수종이 생길 수 있다. 사실 모든 태아 기형 중 최악의 상황은 태아수종이다(단, 심부정맥에 따른 태아수종은 예외인 경우도 있다). 태아수종의 예후가 극히 나쁜 것은 잘 알려진 일….

임신 13주, 태동도 느껴지지 않은 시기에 아기에게 제류라는 이상이 있다는 진단을 받고 내게 와 상담 뒤 "선생님, 감사합니다. 저는 이 아기를 정말 낳고 싶어요"라고 이야기했던 그녀에게 이제는 절망적인 이야기를 하지 않을 수 없었다.

"드문 일이지만 제류가 있는 상태에서 복수가 심하게 생겼고 안타깝지만 태아수종 초기 단계로 들어선 같아요. 하지만 지금 아기를 꺼낸다는 것은 별로 의미가 없어 보입니다. 혹시 아기가 엄마 배 속에서 못 버티고 잘못되더라도… 그건 운명으로 받아들여야 해요."

절망적인 이야기를 듣고도 임산부와 보호자는 잘 이해

하고 받아들이는 듯했다. 이제는 운명에 맡기고 일주일 간격으로 외래에서 보기로 했다.

다음 주가 되어 병원에 왔을 때 태아는 큰 차이를 나타내지는 않았다.

"아기는 태아수종 초기 단계로 의심되고 심한 복수로 폐가 많이 눌려 있지만 그래도 다행히 태동은 좋은 편이에요. 아기를 꺼내는 시점은 여러 상황을 고려해서 아기가 엄마 배 속에 있는 것보다 밖으로 나와서 살 가능성이 많다고 생각되는 때예요. 그 시점까지 아기가 엄마 배 속에서 버텨주길 바랍니다."

이날 내가 전한 말 역시 비교적 절망적인 이야기가 아닐 수 없었다. 또 일주일 뒤에 보기로 하고 외래를 마무리했다. 그런데 문제는 설상가상으로 그 일주일이 채 지나기 전, 소량의 질 출혈과 조기진통이 발생해 임산부가 입원하게 된 것이었다. 태아수종의 증상 중 하나는 양수과다증이다. 이에 따른 합병증으로 조기진통이 생긴 것이다. 아기의 폐가 많이 눌려 있었지만 그래도 아기는 엄마의 자궁 속에 있는 게 더 좋은 상태였는데… 여기에 조기진통까지…. 다행히 자궁수축억제제를 쓰고 진통은 아주 잘 조절되었다.

월요일에 아침 회진을 돌면서 그녀를 만났을 때 임산부

는 자궁수축억제제의 부작용이든 뭐든 괜찮으니 아기를 좀 더 품고 싶다고 이야기했다. 직접 초음파를 본 소견으로 최고의 시나리오는(아기에 대한 혈류검사 등을 고려해) 1~2주만 더 임신을 유지하고 아기가 태어난 뒤 신생아중환자실에서 인공호흡기 치료를 잘 받게 한 다음 안정이 되면 제류에 대한 소아외과적 수술을 하는 것이었다. 그러나 아기가 과연 수술까지 갈 수 있을지. 절망과 희망을 저울질한다면 절망이 훨씬 더 무거운 상황이라는 것을 부인할 수 없었다. 이날 임산부는 아기의 심장도 검사했고 신생아중환자실 의료진에게 상담도 받았다.

그런데 오후 회진 때 갑자기 그녀가 상담을 요청했다. 조용한 곳에서 이야기를 하고 싶다면서. 간호사실에 딸린 상담실로 오라고 했다. 무슨 이야기일지 궁금한 것도 잠시, 그동안 쭉 봐왔던 임산부와 남편을 따라서 들어오는 낯선 보호자 3명. 친정 식구들이었다. 그녀는 차분하게 말을 시작했지만 이내 오열했다. '선생님을 처음 만났을 때는 희망적인 이야기를 들어서 너무 좋았는데 22주부터는 절망 속에서 살았다. 지금 너무 힘들다. 선생님이 이 아기를 대신 키워줄 꺼냐. 더 이상 못 버티겠다'라고 말하며 울부짖었다.

선생님이 아기 대신 키워줄 거냐는 외침은 산과 의사라

면 몇 번씩 들어보는 말이다. 희망이 절망보다 적은 아기의 상황은 사실 흔하게 발생한다. 이 어려운 상황을 받아들이는 방식도 산모와 가족들의 외형처럼 다양하다.

그녀는 아기를 지금 낳겠다고 했다. 참으로 안타까운 상황이었다. 나는 지금 상황이 진퇴양난인 것은 맞고 안타깝지만 아기에게 생길 수 있는 가장 어려운 상황 중 하나라고 다시 설명했다. 그리고 당사자가 더 이상 못 버티겠다면 분만을 해야지 어떻게 하겠냐고 말했다. 태어날 아기는 기도 삽관 같은 적극적인 심폐소생술을 하지 않으면 아마도 몇 분 또는 몇 시간을 못 버틸 가능성이 많다고, 아기를 편하게 보내고 싶으면 그렇게 하라고, 소아과에도 이 모든 상황을 설명했다(이를 영어로 comfort care라고 한다. 생존할 가능성이 아주 낮은, 매우 작은 아기들을 출생 뒤 부모의 품에서 편안히 하늘나라로 보내는 것이다). 임산부의 남편에게 원하면 수술장으로 들어오라고 했다. 그러나 부부는 이를 바라지 않았다.

다음 날 오후 이 임산부는 수술을 받았다. 3~4주 동안 가느다란 희망의 끈을 힘겹게 붙들고 있던 그녀는 갑자기 절망에 빠져 하루빨리 빠져나가고 싶어 했다. 제왕절개수술 시 자궁을 절개하고 양막을 터뜨리기 전, 내 손에 아기의 생명이 느껴졌다. 아기는 13시 15분에 출생했다. 자발호흡은 거의 못 했지만 심박동은 뛰고 있었다. 아기는 소아과 의사의 품에 안겨 중환자실로 옮겨졌다.

나는 수술을 마무리하고 신생아중환자실로 갔다. 아기의 심박수는 약 30회였다. 희망을 주는 의사에서 절망을 주는 의사가 될 수밖에 없던 내가, 아기에게 해줄 수 있는 일은 부모를 대신해 임종을 지켜주는 일이었다. 아기는 태어난 지 정확히 58분 뒤, 14시 13분에 하늘나라로 갔다.

정상과 최선 사이에서

모든 임산부와 가족은 임신의 순간부터, 엄밀히 말하자면 아기를 가지려는 노력을 하는 순간부터 '정상'을 꿈꾼다. 그러나 임신 초기에 질 출혈이 있는 경우만도 약 4분의 1로 흔하고(물론 출혈이 있다고 다 유산되는 것은 아니다) 자연유산의 빈도는 전체 임신의 10~15퍼센트에 이른다.

건강한 임신을 기대했던 산모와 가족에게 자연유산이 '당혹과 슬픔'인 것은 당연하다. '안타깝지만 유산되었습니다'라고 말하는 내게 '세상에 이런 경우도 있나요?'라고 물으면 나는 매우 흔하다고, 10~15퍼센트로 흔하다고 말한다. 아울러 생리적 유산(menstrual abortion. 초음파에서 아기집을 확인하기 전에 유산되는 경우로, 소변검사를 통한 임신검사를 시행하지 않는다면 이는 그냥 생리로 알고 지나가게 된다)까지 합치면 원래 모든 임신의 약 반은 유산으로 끝나는 걸로 교과서에 쓰여 있다고 이야기한다. 또한 한 번의 유산으로 다음번 유산의 확률이 증가하지는 않으니 아직까지는 크게 걱정되는 상황은 아니라는 것, 자연유산 원인의 반이 태아의 심각한 염색체 이상인 건 이미 의학적으로 잘 알려져 있는 사실이라는 것을 알려준다.

'정상'적인 임신 과정을 꿈꾸는 사람들에게 임신의 모든 합병증을 미리 알릴 필요는 없겠지만 비교적 흔한 합병증으로 태아 기형, 조산, 임신성당뇨, 임신중독증, 전치태반 등이 있다. 이런 합병증이 발생하는 이유를 한마디로 말하면 임신은 놀랍게도 '생리적인 과정인 동시에 병적인 과정'이라서다. 조선시대에는 아기를 낳다가 목숨을 잃는 경우도 많아 산실에 들어가면서 고무신을 돌려놓았다는 옛 풍습을 떠올리면, 선대에는 임신과 출산의 생리적인 면과 병적인 면을 모두 충분히 인정한 것 같다.

산과적 '병적 또는 비정상 상황'을 맞이하는 임산부와 가족의 반응은 그야말로 천차만별이다. 출생 뒤 충분히 수술적인 치료가 가능한 태아의 이상을 가지고도 '아기를 지우겠다'는 거침없는 표현을 쓰면서 홀연 외래에서 사라지는 사람들도 있고(다행히 요새는 많이 줄었다), 일반적으로 아기의 예후가 좋지 않을 것으로 예상되는 상황에서도 '정상'에 연연하지 않고 사랑의 결실에 '최선'을 다하는 부부도 있다.

지난 목요일에는 지방에서 22주 쌍둥이 임산부가 전원되었다. 이 임산부는 임신 21주 4일에 자궁경관무력증이 발생했고 이어 조기양막파수가 되면서 아래 태아의 팔이 자궁경부를 빠져나온 상태로 우리 병원으로 왔다. 이후 아기의 팔은 점점 더 빠져나와서 이제는 질 입구에서 어린 생명의 손부림이 보이니 그야말로 '정상'이 아닌 '가장 불공평한 상태'가 된 것이다(나는 고위험 임산부에게 '임신과 출산만큼 다양하고 불공평한 것이 없다'고 늘 말한다).

간혹 쌍둥이 임신에서 '지연 간격 분만(interval delivery)'이라고 하여, 첫째 분만 뒤 둘째를 자궁에 남겨둘 때가 있다. 엄마의 자궁 속에 조금이라도 더 머물게 함으로써 생존경계에 있는 임신(의학적으로 임신 20~25주 사이를 생존경계임신이라고 한다)에 도움이 되게 하는 것이다. 지난 달 퇴원한 어느 산모도 시험관임신으로 쌍둥이를 임신한 뒤 임신 19주에 조기양막파수로 한 아기는 유산이 되고, 이후 자궁경관을 묶는

159

수술을 했다. 산모의 둘째 아기는 임신 25주에 생존아로 출생해 현재 신생아중환자실에서 잘 치료받고 있다.

가끔 태아의 빠진 정도가 크지 않으면 다시 자궁으로 밀어 넣으면서 자궁 경부를 묶는 수술을 시행하기도 한다. 그러나 이 임산부의 상황에서 이러한 치료를 하면 현재 정상인 위쪽 아기의 감염 위험이 너무나 컸다. 특히 생존경계에 있는 태아에게 자궁내감염이 치명적인 점을 고려하면 말 그대로 진퇴양난. 이토록 어려운 상황에서 부부는 임신의 경과가 '정상'적이지 않은 것에 대한 의문과 원망보다는 현 상태에서 손부림을 하는 아기와 또 다른 아기에게 단지 '최선'을 다하겠다는 의연한 태도를 보이며 분만장의 모두를 감동시켰다.

토요일 오전, 이 임산부를 보기 위해 분만장 회진을 갔다 (솔직히 말하면 회진이라기보다 위로하려고 갔다). 그리고 몇 년 전 그녀와 비슷한 일을 겪었던 임산부의 이야기를 해주었다.

쌍태임신 20주. 당시 태아는 자궁 밖으로 나오려 하고 있었다. 이 시기에 나오는 생명은 살릴 수가 없다, 산 적이 없다는 의료진의 설명에 "Then, I will be the first(그럼, 제가 그 첫 번째가 될게요)"라고 말한 의연한 엄마(임산부는 미국인이었다)는 결국 지연 간격 분만으로 임신 22주 6일에 생존아를 출산했다. 첫째 아기는 임신 22주 2일에 나와 며칠 버티지 못하고 사망했지만 둘째 아기는 이로부터 4일이 지나 태어나서 신생아중환자실 치료를 잘 받고 건강하게 퇴원한 것이다. 생존경계출산에서 엄마의 자궁 속에서의 하루하루가 얼마나 중요한지 보여주는 아주 중요한 예다.

이 이야기를 들려주며 지금 시기에 엄마의 자궁에서 하루라도 더 있으면 아기의 생존율이 하루마다 2~3퍼센트씩 올라가니 힘들겠지만 잘 견뎌보자고 격려하고 뒤돌아 나왔다.

그녀를 처음 본 목요일부터 지금까지, 내내 내 머릿속에는 임신 중 다양하고 심각한 합병증이 발생할 수 있음을 기술한 산부인과 교과서《Obstetrics》의 한 문장이 떠올라 있다.

"때때로 불행한 일이 좋은 사람들에게 생길 수 있다."

부디 두 생명 모두 건강하게 버텨주길.

이 임산부는 22주에 입원해 하루하루를 버텼으며
임신 25주 2일에 조기진통이 와서 응급수술을 했다.
양수가 터지면서 손이 3주 이상 산도 밖으로 빠져 있었던
첫째 아기는 810그램으로 태어났고
둘째 아기는 750그램으로 태어나 신생아중환자실에서
오랜 기간 치료를 받고 건강하게 퇴원했다.

2015년 여름. 메르스가 한창 병원을 괴롭히던 그 순간에
우리 병원 신생아집중치료실의 의료진은 묵묵히 아기들을
돌보고 있었고 이 아기들을 위한 특별한 백일잔치를 열었다.[1]
또한 산모는 자신이 처했던 이 드문 상황을 의료진의 교육
목적으로 사용하는 것에 흔쾌히 동의해주었기에
나는 앞으로 비슷한 상황에 처할 수 있는
환자들의 치료에 도움이 되고자 하는 마음으로
이에 대해 산부인과학회지에 증례 보고했다.[2]

건강하게 버텨주길 간절히 바라고 기도했던 아기들
제이와 카이는 씩씩한 아이들로 자라났다
회진을 돌며 작은 손가락을 볼 때마다 걱정했던 아이,
제이는 이제 건강한 모습으로 그 손을 들어
인사를 건네고 있다

애틋한 사랑 속에 머물다 간 아기

벚꽃 축제가 한창인 봄. 여의도에서 30년을 살았던지라 벚꽃이 날리는 때가 되면 여의도가 앓는 몸살이 싫었다. 3월도 추웠다.

아직은 머플러를 두르고 싶은 3월이 끝남과 동시에 맞게 된 4월 첫째 주. 주초에는 비가 왔다. 이래서 벚꽃이 피긴 할까 싶었는데 주말이 되면서 벚꽃 축제가 가능할 만큼 많은 꽃이 자태를 드러냈다. 벚꽃이 수놓인 봄밤에 큰딸 민영이와 함께 아파트 단지 근처를 걸었다.

"엄마, 내일 비 온다던데 그러면 저 벚꽃이 다 지겠지?"

그래, 참으로 벚꽃은 짧게 피고 진다. 사나흘 정도만 만개해 듬뿍 사랑받다가 바람과 비가 지나가면 꽃잎은 모두 사라지고 만다.

강원도 정선에서 한 임산부가 외래로 왔다. 산전 초음파에서 태아의 심장 이상이 진단되어 양수검사를 시행했더니 파타우증후군(2개 있어야 할 13번 염색체가 3개 있는 질환)으로 나온 것이었다. 마흔이 넘은 나이에 첫아이를 갖게 된 부부는 태아가 염색체 이상이 있다는 것을 알게 되었다. 그리고 그 염색체 이상이 예후가 매우 불량한, 보통은 출생 뒤 일주일도 버티기 힘든 종류의 염색체 이상이라는 사실을 알고 내 외래로 온 것이다. 이미 인터넷을 통해서 찾아봤을 것이기에 파타우증후군이 어떠한 질환인지 모를 리가 없었다. 파타우증후군은 뇌의 이상이 동반되는 경우가 90퍼센트인데 이 아기는 머리보다 심장이 문제였다.

임산부와 남편에게 어떻게 하고 싶냐고 조심스럽게 물었다. 임산부는 단호한 어조로 "아기에게 최선을 다하고 싶어요"라고 대답했다.

최선을 다한다는 것은 무엇일까? 산과적인 관점에서, 일반적으로 파타우증후군처럼 출생 뒤 생존이 거의 불가능한 질환을 가진 태아는 제왕절개수술을 하지 않는 것으로 되어 있다. 진통 중 의미 있는 태아의 심박동 이상이 나타나더라도 수술의 적응증이 되기 어려운 질환이다.

멀리 정선에서 자연진통이 생겨도 오기 힘들고, 태아는 주수에 비해 작고, 진통을 견디는 능력은 떨어질 게 분명하고, 임산부의 나이는 이미 마흔을 넘겼다. 여러 가지를 고려해 이 상황에서 '아기에게 최선을 다한다'는 것은 수술하는 것이 아닐까 판단했다. 이 판단은 다른 산부인과 의사에게 충분히 학문적으로 비난받을 소지가 있음을 잘 알고 있다. 그러나 이 아기의 부모는 수술을 원해서 찾아온 게 아닌가? 비록 13번 염색체가 2개가 아니라 3개라 하더라도, 어려운 심장질환이 있는 아기에게 최선을 다하고 싶어서 이 병원에 온 것이 아닌가?

몇 년 전에는 18번 염색체가 하나 더 있는 에드워드증후군이 동반된 태아를 품은 임산부를 수술한 적이 있었다. 그 당시에도 '인간에게 염색체란 무엇인가'라는 생각을 많이 했는데, 또 나를 고민하게 하는, 아니 나를 시험하는 상황이 온 것이다.

수술을 일주일 앞두고 태아의 초음파 소견은 좀 안 좋아졌다. 혹시 수술하기로 한 날까지 아기가 못 버틸 수도 있다고 설명하면서 만약 그런 경우에는 운명으로 받아들이자고 단호하게 이야기했다.

수술 전날 입원해 태아의 상태를 보니 임산부가 느끼는 아기의 태동은 주관적으로 더 줄었고, 태아의 모니터는 좋지 않은 상태였다. 다행히 이후 모니터는 좋아졌지만 오늘 밤을 버티면서 아기가 잘못될 수도 있는 상황이었다. 다시 한번 태아의 상태를 설명하고 수술을 안 하는 것을 고려해야 한다고 말했다. 그러나 부부는 어떻게든 아기가 안전하게 태어나도록 최선을 다하고 싶다고, 새벽에라도 필요하면 응급수술을 해달라고 했다.

부부의 의견을 존중하기로 했다. 부모의 결심을 들은 것일까? 이후 태아의 심박동 모니터는 정상으로 회복되었다. 태아도 최선을 다하고 있는 것처럼 느껴졌다.

외국 문헌에서는 파타우증후군이 산전 진단된 뒤 임신 유지를 선택한 경우가 약 15퍼센트로 보고되었다. 모든 사람이 다르게 생긴 것처럼, 모든 사람이 같은 생각을 가진 것은 아니다.

아이가 태어나서 몇 주, 아니 며칠을 버티기 힘들 수도 있다. 하지만 부모로서 최선을 다하겠다는 이 부부에게 아기는 어느 순간 화사하게 만발했다가 며칠 만에 떨어지는 벚꽃 같은 존재일 것 같다는 생각이 들었다. 우리는 벚꽃이 금방 져버릴 것을 너무나 잘 알면서도 아름답게 피어나는 순간을 매년 기다리지 않는가.

얼마 전에도 태아 심장이 안 좋아서 온 임산부의 아기가 출생 뒤 다운증후군으로 진단받았다. 아기의 부모는 우려하던 상황이 전개되자 힘들어하기도, 슬퍼하기도 했다. 나는 서효인 시인이 쓴 《잘 왔어, 우리 딸》을 산모에게 건네주었다. 이 책은 아기가 태어난 후 다운증후군을 알게 된 아빠가 쓴 책이다. 누구나 처음에는 당혹스럽고 슬프지만, 이미 더 큰 사랑이 되어버린 딸에 대한 부모의 사랑으로 가슴 뭉클하게 마지막 장을 넘기게 되는 그런 책이기에 산모와 가족에게 어떠한 의학적 지식보다 커다란 위안이 될 거라고 생각했다.

이후로 나는 이 책을 수많은 염색체 이상과 유전자 이상을 공부하게 될 의과대학 산부인과 의료 윤리학 수업의 교재로 사용했다.

쉽게 오는 생명은 없어요

"임신을 하면 아기가 구조적으로 정상적으로 태어나기를 바라는 게 모든 부모의 마음이지만, 실제로 태어나는 아기의 2~3퍼센트는 확률적으로 구조적인 이상으로 가지고 태어나는 것으로 알려져 있습니다."

이 설명을 지금까지 천 번 이상은 한 것 같다.

"그래도 다행히 구조적인 이상 대부분은 출생 뒤 수술적인 치료로 경과가 좋은 경우가 많으니 엄마의 배 속에서 잘키워 만삭에 낳도록 합시다. 나중에 아기가 크면 언제 수술을 받았나 까먹을 수도 있어요."

대개 이런 희망의 메시지를 주는 것으로 상담은 훈훈하

게 마무리된다.

그러나 그렇지 못한 경우가 더러 있는데 그중 가장 어려운 아기의 상황을 꼽으라고 하면 단언컨대 아기의 두 신장이 모두 좋지 않은 경우다. 신장은 양측으로 존재하는 구조물이므로 선천적으로 한쪽 신장이 없는 경우에도 반대쪽 신장이 정상이라면 대부분 태아기에 양수감소증도 발생하지 않고 출생 뒤 경과도 양호하다.

그러나 양측 신장이 심한 이상으로 기능을 하지 못해 산전에 이미 양수감소증이 심하면(태아의 소변이 양수의 대부분을 차지하기 때문에 양수가 많이 줄어든 경우는 신장 기능의 저하를 시사한다) 태아의 폐 성숙도 제대로 되지 않는 경우가 많다. 태아의 폐 성숙이 잘 되지 않으면 아기는 출생 뒤부터 인공호흡기 치료를 받게 되는데, 이미 폐가 거의 자라지 않은 상태가 대부분이므로 인공호흡기 치료조차 견디지 못하게 되는 것이다.

그동안 타 병원을 다녔고 '양수가 적은 편이지만, 크게 문제가 되는 상황은 아니다'라고 이야기를 들었던 임산부가 34주경 처음 외래로 왔다. 양수는 거의 없고 아기의 양측 신장이 매우 커진 상태로 정상적인 모양이 아니었기에 낭성신

170

장질환(polycystic kidney disease)이 강력히 의심되는 상황이었다. 이런 종류의 신장질환은 생존이 매우 어렵다. 정상적인 생존을 위해서는 하나의 신장이라도 온전해야 하는데, 둘 다 온전하지 못한 상황은 마치 오랜 지병으로 양측 신장 기능이 모두 떨어져 투석하면서 이식을 기다리는 상태와 비슷하다. 아직까지 신생아에게 신장이식을 할 수 있는 의학적, 사회적 여건이 아니기도 하고 자궁 내에서 심한 양수감소증 때문에 폐 성숙이 안 된 상황인지라, 아기는 길어야 며칠을 겨우 버티다가 하늘나라로 가는 경과에 이를 가능성이 크다.

가끔은 양측성으로 신장이 좋지 않은 상황에서도 신생아기에 투석을 버티고 집에서 투석할 수 있는 컨디션까지 회복되어 퇴원하는 경우도 있었다. 약 석 달 전 분만한 이 산모와 남편은 어느 정도 나이가 있는 부부였는데, 양수는 20주부터 현저히 적었고 태아의 양측 콩팥이 모두 정상적으로 보이지 않는 상태였기에 출생 뒤 매우 불량한 예후를 갖게 될 가능성이 크다고 설명했다.

이토록 예후가 나쁘고 생존 가능성이 떨어지는 질환이 산전에 진단되었을 때 이른 주수에 임신 종결을 문의하는 경우가 있다. 그러나 현행법상 태아의 이유에 대한 임신 종결이 법적으로 허용되어 있지 않기 때문에 현재 우리나라에서 임산부와 가족이 취할 수 있는 방법은 오직 기다리는 것이다.

나는 이런 경우 '답답하고 안타깝겠지만 지금은 임신을 종결할 수도 없고 아기가 어느 주수에 분만이 되더라도 생존이 어렵기 때문에 결국 경과를 지켜보다가 만삭에 자연스럽게 진통이 걸리면 분만을 하거나 아니면 유도분만을 고려해야 한다'고 설명한다.

그런데 정말 놀랍게도 이 경우는 임신 주수가 지나면서 양수가 조금씩 늘어나는 '기적'이 일어났다. 나도 예측하지 못한 부분이었다. 마침내 만삭에는 양수가 거의 정상인 상황으로 분만을 하게 되었다. 만약 이 부부가 20주의 소견만으로 임신 종결을 결정했다면 결코 안아볼 수 없었을 예쁜 아기를 품에 안게 된 것이다. 하지만 이러한 기쁨도 잠시 아기는 신장 기능의 저하로 결국 투석을 하게 되었다. 아기는 한 달 가까이 투석 치료를 받으면서 신생아중환자실에서 버텼고 결국 투석을 받은 상태로 퇴원하게 되었다. 투석 치료를 지속해야 하는 아기를 돌보는 부모는 얼마나 힘들지….

그러나 출산 뒤 산부인과 외래에 온 산모의 표정은 결코 어둡지 않았다. 아기가 투석 치료를 받으면서 퇴원할 수 있었다는 사실에 너무나 감사하고 만족한다는 이야기와 함께 그동안 돌봐준 의료진께 감사하다는 말을 남겼다. 이 아기가 너무나 좋은 부모를 만났고, 앞으로 힘든 시기를 극복할 뿐 아니라 훌륭하게 성장하리라는 확신이 들었다.

비슷한 듯 다른 태아의 신장질환으로 한 부부는 어렵게 가진 아기를 제대로 안아보지도 못하고 하늘나라로 보냈으며, 한 부부는 아기에 대한 투석 치료를 열심히 하며 희망을 기다린다. 그렇다. 세상에 쉽게 오는 생명은 없다. 다만 우리가 미처 모를 뿐.

4부

힘껏 달린 시간

첫 숨을 듣기 위해

산부인과 의사로 살아가는 것의 의미

　내가 가장 좋아하는 수술은 응급으로 자궁경관을 묶는 수술, 즉 응급맥도널드(McDonald)수술이다. 과거 임신에서 명확히 자궁경관무력증으로 유산 또는 아주 이른 조산을 한 경우에는 금번 임신의 이른 시기(대개 12~14주)에 정규 수술로 진행하고, 이는 비교적 간단한 수술이 된다. 하지만 현재 임신에서 자궁 경부의 개대가 이미 상당히 진행되며 태아막이 보이는 상태에서 응급으로 자궁 경부를 묶는 수술은 기술적으로 쉽지 않아서 수술하는 내내 씨름해야 한다. 그러나 잘되면 삶과 죽음의 경계를 메트로놈처럼 넘나드는 수술이기에 제일 좋아하는 수술이면서 동시에 가장 신경이 곤두서는 수술이다.

자궁경관무력증이란 임신 중반부에 무게를 버티지 못해 아기집이 자궁 경부를 통해 빠지는 상태로, 대개 임신 20주 전후에 발생한다. 전공의 2년차 때 읽은 영어 논문에 "자궁경관무력증이란 비교적 흔하게 발생하는 자연유산의 시기를 지나서 임산부와 보호자가 임신의 경과가 순조로울 것이라고 예상하는 상황에서 갑자기 발생하는 재난(disaster)"이라고 쓰여 있던 게 아직도 기억 난다. 참으로 딱 맞는 표현이라고 생각했다.

진정한 자궁경관무력증(참고로 자궁경관무력증과 단순히 자궁 경부가 짧은 것은 의학적으로 다름을 밝힌다)은 별로 진통이 없이 자궁문이 스스로 열리면서 아기집이 빠지므로 늦게 진단될 수밖에 없다. 그래서 병원에 도착할 때면 이미 아기집을 둘러싼 막이 자궁 경부 밖으로 나와 있다. 응급맥도널드수술은 이렇게 빠진 아기집을 밀어 넣고 자궁 경부를 묶어주는 수술이다. 응급수술의 성공률은 아기집이 얼마나 많이 빠졌느냐에 따라 다르지만, 대개 50퍼센트다.

이 임산부는 결혼 4년 만에 시험관임신으로 어렵게 아기를 갖고 기뻐했다. 그러다 임신 21주경 아기집이 자궁 경부로 3~4센티미터 돌출되어 타 병원에서 우리 병원으로 이송되었다. 혹시 염증이 동반되었는지 반나절쯤 지켜보고 다음 날 아침에 수술을 했다.

빵빵하게 돌출된 양막을 자궁강으로 밀어 넣으면서 숨겨진 자궁 경부를 잡아야 하는데 자꾸만 양막이 다시 밀려나온다. '이러다가 양막 터뜨리겠는데' 하면서 조심스레 밀어 넣기를 반복했다. 점점 얇아지다 결국 투명해진 양막. '아이고, 곧 터지겠구나' 하고 마음속으로 포기 일보 직전에 양막은 안으로 들어갔고, 겨우 봉합수술을 마쳤다.

임산부와 보호자에게 '수술은 잘되었다'(수술하는 사람들은 이런 표현을 많이 쓴다. 수술 중 최선을 다한 자신에 대한 일종의 과시이자 환자에 대한 최대한 방어적인 말이기도 하다)고 말했다. 하지만 이후에도 양수가 터지거나 진통이 바로 올 수 있으니 잘 봐야 한다고 진지하게 설명했다.

다시 묶인 경부는 자궁 경부의 반 정도에 위치했다. 이상적으로는 더 위쪽에서 묶었어야 했다. 밀어 넣는 과정에서 양막이 얇아지는 것 같아서 반 정도만 전진한 상태에서 수술을 진행한 것이다. 다행히 수술 일주일 뒤까지 임산부는 안정된 상태를 유지했다. 보통 충분히 양막을 밀어 넣고 수술했다면 1~2주간 경과를 관찰하다가 퇴원을 고려하는데 이 임산부는 반 정도만 밀어 넣은 상태라 불안해서 퇴원을 시킬

수가 없었다. 프로게스테론 질정 치료로 자궁의 안정을 도모
하면서 두 달 넘게 입원한 상태로 안정된 상태를 유지하다가
32주가 되어서야 겨우 퇴원을 시켰다. 임산부는 이 기간에
병원에서 그야말로 절대안정을 하면서 오로지 아기를 위해
버텼다.

　　나는 태아의 생존 능력 이전부터 병원에 입원하는 고위
험 임산부들에게 임신 26~28주쯤 되면 일기를 쓰라고 한다.
병원에 누워 하루하루를 버티는 것이 쉽지 않으니 그 기간에
이룰 수 있는 숙제를 주는 것이다. 나중에 아기가 커서 엄마
에게 반항하면 지금 힘들게 지내며 채워나간 일기를 들이밀
면서 고생의 증거로 보여주라고 우스갯소리를 건넨다. 이 임
산부에게도 그렇게 권했다.

　　그리고 퇴원 뒤 외래 진료에서도 안정적인 상태가 유지
되어 37주에는 응급봉합수술을 했던 실을 제거했고 마침내
41주에 유도분만을 했다.

　　그런데 22주에 나오려고 했던 태아가 유도분만을 하니 나
오려고 하지 않았다. 이럴 땐 기다리는 것이 최고다. 결국 유도
분만 이틀째 오후에 본격적인 발동이 걸렸다. 자궁문이 다 개
대된 뒤 1시간 정도 힘주기를 하고 아기는 건강하게 나왔다.

휴일이었지만 나는 기쁜 마음으로 이 아기의 울음소리를 함께 들었고 산모에게 나중에 사진이라도 같이 찍자고 제안했다. 사진을 남겨서 아기가 커서도 자신이 얼마나 소중한 존재인지 느낄 수 있도록 하자고 했다.

어느 날 우리 전공의가 물었다.

"대한민국에서 산부인과 의사로 살아간다는 것은 어떤 의미인가요?"

힘든 부분도 없지 않으리라. 그럼에도 나는, 이날의 사진이 그 의미라고 이야기해주고 싶다.

✳

나는 이 글을 사진과 함께 출력해 '아가에게'라는 제목으로 퇴원하는 산모에게 전달했다. 훗날 커서 엄마가 임신 중 어떻게 버텼는지, 그 힘든 시간을 담당 의사가 쓴 글을 보면서 알게 되길 바란다고 산모에게 이야기하면서….

탄생의 순간을 함께하기 위해

산부인과 의사가 되기로 결심한 것은 본과 3학년 때 산부인과 실습을 돌면서다. 본과 1~2학년에 기초의학을 중심으로 공부하다가 3학년부터 임상의학을 공부하면서 산부인과 실습을 6주 돌았다.

그 당시 처음으로 분만 과정을 봤는데, 10시간이 넘는 산통 뒤(당시에는 무통분만이 흔하게 시행되지 않았다) 가까스로 자연분만으로 새로운 생명이 탄생했다. 세상을 향한 아기의 첫울음은 어리바리한 의대생에게 감동 그 자체였다.

결심의 순간은 제왕절개수술에 스크럽을 하고 수술에 3차 보조의로 참여했을 때 찾아왔다. 피부 절개를 한 다음 빠른

속도로 자궁을 절개하더니 갑자기 산모의 배 위로 튀어나오는 새 생명. 그리고 순식간에 발생하는 대량 출혈. 이 다이나믹한 과정을 보면서 피가 끓는 느낌이 들었다. 이거구나. 내가 평생 의사를 하면서 해야 할 일. 평생 해도 지치지 않을 '기쁨의 순간과 역동성'을 갖고 있는, 산부인과를 해야겠다고 마음먹은 순간이었다.

나뿐 아니라 산부인과를 선택하는 의사들은 대개 분만의 경이로운 순간을 경험하면서, 분만 과정에 필연적으로 따르는 출혈과 다이나믹한 광경을 경험하면서 진로를 결정한다.

내가 근무하는 병원에는 여러 대학의 우수한 인재가 인턴으로 들어온다. 이 새내기 의사들과 이야기 나눌 때면 나는 늘 물어본다. 학생 산부인과 실습 과정에서 분만을 봤냐고. 2012년 3월, 올해도 똑같이 물었다. 놀랍게도 최근 의과대학 교육을 마쳤지만 분만을 본 적이 없다는 졸업생들의 말에 깜짝 놀랐다. 이유를 물어보니 분만에 학생 참관을 못하게 했다고 한다.

산모의 프라이버시를 중시하는 것은 너무나 중요하고 당연하다. 그러나 모든 의과대학 부속 병원에서 의대생의 산부인과 실습 시 분만 과정을 보이콧하고 참관을 금지시킨다면 과연 어떻게 될까? 내가 의대생일 때 분만 과정을 참관하게 하신 교수님들은 과연 결과적으로 임산부의 프라이버시를 존중하지 않은 것인가?

의과대학 부속병원은 환자 진료뿐만 아니라 젊은 의사들을 잘 교육시켜야 하는 의무를 가지고 있으며, 지금까지는 산부인과뿐만 아니라 모든 과의 진료 현장에서 의대생들의 교육과 참여가 환자의 프라이버시를 존중하는 상식의 범위에서 이뤄져왔다. 현재도 그 균형을 잘 유지하고 있다. 실제로 의대생들은 내과, 외과, 영상의학과, 진단검사의학과 등 여러 과의 최신 지견을 각 과의 교수들로부터 다양하게 배우기에, 특정 진료과에 너무 전문화된 교수들이 미처 알지 못하는 부분을 지적할 수도 있다. 또한 젊은 학생들의 창의적 사고는 의학 발전에 원동력이 된다.

이러한 상황에서 갑자기 국정감사에서 "동의 없이 산부인과 분만에 의대 실습생과 인턴을 참관하게 하는 것은 환자의 인권을 침해하는 것"이라는 발언이 있었고, 작년에 모 산부인과 병원에서 임산부 동의 없이 출산 장면을 의대 실습생에게 공개했다고 고발하는 방송이 나왔다. 답답하게도 의대생의 분만 참관 과정에 대한 어떠한 기사나 논평도 의학 교육의 책무를 가지고 있는 수련병원 또는 3차 병원과 그렇지 않은 개인병원을 명백히 구분하지 못했고, 피교육자인 의대생과 이미 의사면허를 따고 진료를 수행 중인 인턴 선생을 구분하지 못했다. 또한 일부 기사는 논리적이기보다 자극적인 표현들로 젊은 의사들을 위축시켰다. 이는 안타깝게도 기존의 교육과 진료의 조화를 이루고 있는 의료 현장에 강한 불신감을 조장하는 나쁜 결과를 초래할 뿐이다. 게다가 더욱 인간적이어야 할 임산부와 의사의 관계를 소원하게 만들뿐더러 내가 만난 인턴들처럼 분만 과정을 한 번도 보지 못한 채 의사 면허를 취득하는 되는 아이러니를 만들고 있다. 또한 의대 실습을 돌면서 산부인과를 평생의 업으로 삼겠다는 생각을 가질지 모를 의대생을 점점 줄어들게 하고 있다.

*

2020년 코로나 19로 전 세계가 힘든 상황에서 우리나라의 '코로나 대량 진단'은 모두를 놀라게 했다. 3월 말 기사에 따르면 이러한 진단에 우리나라 공중보건의 385명이 투입되었다고 한다. 앞선 국정감사 분만 참관 논란에 잘못 언급된 '인턴'들이 바로 공중보건의들의 구성원 중 일부다. 인턴은 피교육자가 아니다. 이들은 가장 어려운 의료 현장에서 환자와 가장 가까이에 있다.

산과 의사의 꿈

임신 21주 전치태반으로 나를 처음 만난 그녀는, 이전에 제왕절개수술을 두 번 받았다고 했다. 이번 임신에서는 16주에 출혈이 많았고 병원에 갔을 때 이미 전치태반이 심해 임신 유지가 어려우니 임신을 종결해야 한다는 권유를 받은 적이 있다고 했다(외국에서의 진료 내용). 이후 다행히 출혈은 멈추었고 부부가 모두 간절히 원해 임신을 유지했다.

임신 종결을 권유받은 이유는 전치태반과 함께 유착태반이 동반될 가능성이 매우 높다는 진단 때문이었다. 특히 두 번째 제왕절개수술을 받았을 때 자궁벽이 너무 얇아져서 다시 임신하지 말라고 권유받았다고 했다. 하지만 생명이 생겼고 이미 태동도 많이 느껴지는 상태인 데다 부부는 아기를 간절히 바랐기에 이 병원까지 찾아온 것이다.

전치태반과 유착태반으로 향후 수술 시 대량 출혈과 자궁적출술의 가능성이 높고, 이 모든 일을 앞으로 어떻게 해서 바꿀 수 있는 것은 아니며, 사실 힘든 것은 오퍼레이터(수술하는 의사)라고 설명하면서 아래와 같은 메모를 적어주었다.

임산부가 할 수 있는 세 가지.

첫째, 가능한 한 안정을 취하기.

둘째, 철분약을 잘 복용하기.

셋째, 자궁파열의 증후로 볼 수 있는 복통과 갑작스러운 태동 감소, 출혈 등의 증상이 생기면 바로 병원에 오기.

일반적으로 태반은 자궁의 위쪽에 자리 잡지만 어떤 임신에서는 자궁 경부에 바로 위치한다. 이것이 전치태반이다. 쉽게 설명하자면 전치태반은 태아가 자연분만으로 나와야 하는 길, 산도에 태반이 자리 잡은 것이라고도 볼 수 있다. 따라서 자연분만은 할 수 없고 제왕절개수술을 해야 한다.

전치태반의 발생빈도는 미국의 교과서에는 약 300분의 1로 쓰여져 있지만, 미국보다 임산부의 연령이 평균 5~6세

높은 우리나라의 경우에는(2012년 기준) 더욱 빈번할 것으로 생각되고, 실제로 현장에서의 빈도도 훨씬 높아진 느낌이 든다. 실제로 아시아에서 전치태반의 빈도는 100명당 1.2명으로 서구보다 빈번한 것으로 보고되었다.[3]

전치태반의 위험인자로는 고령임신, 경산부, 제왕절개수술의 과거력, 유산의 과거력, 흡연 등이 있다. 그중 제왕절개수술은 다음 임신에서 전치태반의 위험도를 단계적으로 증가시키는 중요한 요인이다. 따라서 아기를 2명 이상 낳고자 한다면 첫 임신에서 자연분만에 최선을 다하고 제왕절개수술은 신중히 해야 한다. 또한 소파수술의 횟수가 늘어날수록 태반은 아래쪽에 위치할 가능성이 높아진다. 특히 유산을 많이 할수록 태반이 자궁벽을 파고들어 출산 후 떨어지지 않는 유착태반의 빈도가 증가한다.

전치태반 진단은 일반적으로는 임신 30주 이후에 한다. 임신 20주에 태반이 아래쪽에 있더라도 그 후 아기가 커지고 자궁이 늘어나면서 상대적으로 태반의 위치가 올라가는 경우가 80퍼센트가량 있기 때문이다. 그러나 같은 20주에 전치태반이라도 제왕절개수술의 과거력이 있으며 이번 임신에 이미 상당량의 질 출혈이 있는 경우는 확률적으로 태반이 잘 올라가지 않을 수 있다. 전치태반은 조산의 위험을 높이고,

전치태반으로 인한 질 출혈의 위험성은 임신 후반부로 갈수록 증가한다. 대량 출혈로 임산부와 아기가 위험한 상황이라고 판단되면 이른 주수라도 응급수술을 결정해야 한다.

전치태반은 수술 시 대량 출혈의 위험성이 매우 높다. 그 기전은 크게 두 가지다.

첫 번째 이유는 자궁의 구조적 특성에 기인한다. 분만 시 출혈을 멈추는 가장 중요한 기전은 자궁 근육층의 수축이다. 그러나 전치태반의 경우, 태반이 부착되어 있던 자궁 경부 근처는 해부학적으로 자궁 근육층이 거의 없기 때문에 출혈이 많을 수밖에 없다. 두 번째 이유는 전치태반에는 대개 유착태반이 동반된다는 데 있다. 유착태반의 정도에 따라서 심하면 태반이 자궁벽을 뚫고 나온 관통태반(placenta percreta)도 있다. 유착태반은 태반이 잘 안 떨어지는 상황, 또는 태반을 뗄 수 없는 상황이 되므로 경우에 따라서는 신속히 자궁 자체를 그대로(en bloc) 제거하는 자궁적출술을 해야 산모의 목숨을 구할 수 있다. 따라서 이런 전치태반 환자가 제왕절개수술을 할 때는 대개 자궁적출술의 가능성이 크다는 것을 설명한다. 우리 병원의 최석주 교수가 정리해 발표한 논문에 따르면 전치태반 환자 중 자궁적출술을 시행한 확률은 약 10퍼센트였지만, 전에 제왕절개수술을 한 횟수가 늘수록 이 확률도 커졌다. 예를 들어 제왕절개수술을 두 번 했다면 자궁적출술의 확률이 약 30퍼센트, 세 번 했다면 자궁적출술이 필요할 확률이 약 60퍼센트다.

　나를 찾아온 이 임산부는 제왕절개수술의 과거력이 두 번이니 확률적으로는 자궁적출술의 가능성이 30퍼센트지만 이미 두 번째 수술에서 자궁이 많이 얇아졌다는 소견을 들었고, 이번 임신 16주에 상당량의 출혈이 일어났으므로 자궁적출술의 가능성이 훨씬 높았다.

　이 임산부가 임신 34주에 상당량의 질 출혈로 응급실에 왔다. 아기는 역아로 있는 상태였고 출혈이 점점 많아져 수술해야 하는 상황이었다. 또한 초음파에서 관통태반의 소견이 보였다. 대량 출혈과 자궁적출술에 대비해 피를 준비하고 마취과에 연락한 다음 자궁적출술의 가능성을 설명하고, 전쟁이 벌어지는 적진에 가는 마음으로 호흡을 가다듬고 수술을 시작했다.

　피부 절개를 시작하고 복강이 열리는 순간 '와' 하고 속으로 외치지 않을 수 없었다. 여태까지 본 전치태반-관통태반 중 가장 심하게도 자궁벽의 3분의 2에서 관통태반의 모습이 관찰되었다. 태반의 혈관들이 내 손가락 굵기로 울퉁불

통한 것이, 마치 메두사의 머리와 같은 모양을 하고 있었다. 그래도 일단 아기는 꺼내야 하니 자궁 위쪽을 절개해 아기를 꺼내 건네주고 다시 수술 자리로 돌아오자 자궁에서 피가 나기 시작했다. 자궁 절개 이전 80회였던 산모의 맥박은 5초 만에 120회로 증가했다. 큰일이네… 큰일….

순간 눈이 떠졌다. 아, 꿈이었구나. 임산부를 진료한 때는 실제로 이번 주 금요일 오후였고 예정일은 약 5개월 후다. 늘 보는 고위험 임산부… 의식으로는 그러려니 하고 생각했는데 바로 그날 밤 무의식 속에서는 걱정이 많았나 보다. 피와의 전쟁을 치르려고 잔뜩 긴장했던 탓인지 자고 깨니 더 피곤하다.

전공의 1년차 때 어느 선배님께서 말씀해주신 당직 때 에피소드가 생각났다. 산모를 분만대로 옮겼는데 아무리 힘을 주라고 해도 아기가 안 나오더라, 나중에 알고 보니 이는 모두 잠결이었고 깨어보니 당직실 텔레비전을 붙잡고 '왜 애가 안 나오지' 하고 있었다는.

임산부와 보호자들은 알 수 없겠지만, 지금 이 순간에도 어떤 산과 의사들은 이러한 꿈을 꾸고 있을 것이다.

그 뒤 이 임산부는 전치태반으로 인한 출혈로 결국
임신 32주에 응급제왕절개수술을 시행했다. 과거 병력과
이번 초음파 소견, 그리고 꿈에서 예상된 대로 자궁의 전벽에
걸친 심한 유착태반이 동반된 전치태반의 소견을 보였다.
수술 중 혈압은 78/43mmHg으로 하강하고 맥박수는
125회까지 상승하는 심한 대량 출혈이 동반되었으며
수술장에서 7개의 적혈구 수혈이 이뤄졌다. 다행히
유착태반이 2단계 정도(3단계가 관통태반)라서
자궁동맥색전술과 보존적 치료를 받았고,
산모는 수술하고 일주일이 지나 건강히 퇴원했다.

분만을 접다, 꿈을 접다

얼마 전 산부인과 후배이자 제자를 만났다. 선생은 이화여자대학교 의과대학을 우수한 성적으로 졸업하고 삼성서울병원에서 인턴, 산부인과 전공의를 거쳐서 산과 전임의를 했다. 그 뒤 산부인과 전문병원에 취직해 봉직의 생활이 5년째다.

선생은 전공의, 전임의를 하는 동안 임산부를 보는 것을 좋아했을 뿐만 아니라 수술 술기가 뛰어나고 고위험 임산부 관리에 충분한 지식과 경험을 쌓은 재원이다. 워낙 실력 있는 의사라 일하는 병원에서 인지도가 빠르게 높아졌고, 항상 많은 외래 환자를 보고 있었다.

그러던 중에 산과 관련 의료사고가 발생했다. 산전 진찰에서 별다른 문제가 없던 임산부가 진통하다가 자궁 경부의 개대가 더 이상 진행하지 않아 응급으로 제왕절개수술을 했는데 신생아가 어떠한 이유인지 자발호흡을 하지 않는 상황이 일어난 것이다('의료사고'의 정의는 '의료 행위'에 본질적으로 내재된 위험이 현실화되어 환자가 원치 않았던 나쁜 결과가 발생하는 것으로, '의료과실'과는 엄연히 다르다. 이 분만에서 환자가 원치 않았던 결과는 '신생아가 호흡을 잘 하지 않았던' 사실이나, 이는 '의료 행위'에 의해서 발생한 것이 아니기에 의료사고라기보다 태아의 출생 뒤 적응 과정의 문제일 뿐이다).

여러 응급조치가 시행되었고 결국 신생아는 심폐소생술을 하면서 대학병원 중환자실로 이송되었으나 상태가 좋지 않았다. 산모와 보호자, 한 번도 보지 못한 친척들이 우르르 진료실로 몰려왔고 이를 응대하는 과정에서 선생은 심한 정신적인 스트레스에 시달렸다. 30대 중반의 이 후배 의사가 며칠 전 한마디를 건넸다.

"선생님, 저 이제 분만 접을까 봐요…."

선배나 후배, 동료 산부인과 의사들에게 "이제 분만 접어야겠어"라는 말은 많이 들었던 표현이고, 나도 가끔은 이걸 언제까지 해야 되나, 분만을 언제 접어야 하나 생각한다.

그런데 이상한 것은 이 모든 분만 의사가 하나같이 분만을 '접는다'는 표현을 쓰는 것이다.

마치 외과 의사가 "아, 이제 위수술은 접을까 봐요"라는 말이나 호흡기 내과 의사가 "이제 급성폐렴의 치료는 접어야겠습니다"라고 이야기하는 것과 같은데 타과에서 이런 표현을 하는 건 들어보지 못했다.

우리는 왜 '분만을 접는다'는 표현을 쓸까? 이를 이해하려면 산부인과를 선택하는 결심을 하게 된 학생 시절의 마음으로 돌아가야 할 것 같다. 대개 산부인과를 결정하는 사람은 의대생 때 산부인과를 돌면서 '새 생명의 탄생'이라는 숭고한 순간을 산모와 같이 해야겠다, 이 순간을 돕는 의사가 되겠다는 결심으로 산부인과를 선택한다. '접는다'는 표현에 제일 잘 어울리는 목적어는 '꿈'이다. 그렇다. 젊은 의학도에게 '분만 의사'는 꿈과 같은 일이었던 것이다.

사실 배 속의 태아는 숨을 쉬지 않는다. 숨을 쉰다는 것은 산소를 취하는 것인데 태아는 태반을 통해 산소를 공급받는다. 그리고 태어나서야 비로소 신생아의 폐는 호흡을 시작한다. 이게 바로 아기의 울음으로 나타난다. 의학 용어로 이러한 과정을 '태아기에서 신생아기로의 전환(fetal to neonatal transition)'이라고 한다.

모든 신생아가 이러한 전환을 잘하면 좋으련만 실제로는 전혀 그렇지 않다. 아기가 첫 호흡을 시작하지 않는 이유는 다양하다. 폐나 심장 기능이 안 좋은 신생아는 숨을 쉬지 않을 수 있으며, 신경근계 이상이 있거나 원인을 밝히기 어려운 대사성질환 등이 있어도 이차적으로 호흡을 잘할 수 없는 상태가 된다. 아마도 이런 질환을 모두 짚으려면 여러 쪽에 걸쳐 써야 할 것이다. 산과학 또는 신생아학 교과서에 따르면 만삭분만의 100분의 1의 확률로, 배 속에서 멀쩡하던 태아가 신생아기로의 전환이 원활하지 않아 심폐소생술이 필요한 상황이 생긴다. 그중에서 후배 의사가 겪고 있는 매우 나쁜 상황은 1,000명 중 1~2명에게 일어나는 일이었다.

이론적으로 따지자면 분만 전 모든 임산부와 보호자에게 '100분의 1의 확률로 출생 뒤 아기의 호흡이 안 좋아 심폐소생술을 할 수 있습니다'라고 설명해야 할 것이다. 그러나 과연 이런 치료가 필요치 않을 아기 99명의 부모 모두에게 이렇게 미리 말해야 할까?

이런 방어적인 진료를 하면 보호자가 진료실을 점령하는 일은 아마 줄어들지 모르겠다. 그러나 분만 의사로서 소중한 탄생의 순간을 돕고 싶었던 젊은 의사의 꿈은 사라지고 말 것이다. 그래서 우리는 분만 의사를 그만두면서 '분만을 접는다'는 표현을 쓰는 게 아닐까. 부디 능력 있는 산부인과 의사들이 분만의 꿈을 접지 않도록 합리적으로 정책이 시행되고 제도가 보완되었으면 하는 바람이다.

(이 글은 2012년 4월 25일자 〈조선일보〉에 '우리가 분만을 접는다고 말하는 이유'라는 제목으로 기고했던 글임을 밝힌다.)

걱정하지 말아요

금요일 오후, 힘든 외래 진료를 마치고 입원 환자의 병동 회진을 돌기 시작했다.

가장 먼저 만난 사람은 임신 28주 4일, 고위험 병실에 입원한 임산부였다. 그녀는 임신 20주에 태아의 다리가 짧아 근골격계 이상이 의심된다는 소견을 듣고 전원되었다. 물론 태아의 근골격계 이상이 있을 가능성을 완전히 배제할 수는 없었지만 대퇴골 길이뿐만 아니라 머리 크기, 배 둘레 등 모든 것이 전반적으로 작은 상태였기에 그보다는 자궁내태아 발육지연이 의심되었다.

사실 임신 중 자궁내태아발육지연 자체를 치료할 수 있는 방법은 없다. 자궁내태아발육지연이 있지만 만삭에 가까우면 분만하는 것이고, 아주 이른 조산인 경우에는 조산의 위험성과 자궁내태아발육지연의 위험성 중 어느 것이 더 중한지 초음파검사와 태동검사 등 여러 검사를 종합한 뒤 판단해 분만 시점을 결정한다.

태아는 임신 20주인데 17주 크기밖에 되지 않았다. 이토록 일찍 발생한 자궁내태아발육지연과 관련된 몇 가지 검사를 시행했지만 이상이 없어 결론적으로 원인 불명의 자궁내태아발육지연이었다. 초음파검사에서 태반으로 가는 혈류장애가 의심되었고 양수감소증이 동반되어 있었다. 사실 이런 원인 불명의 자궁내태아발육지연에 대해 명확히 입증된 치료는 거의 없다. 다만 경우에 따라 헤파린 주사로 태반의 혈전 형성을 예방하는 것이 도움이 되었다는 증례 보고가 간혹 있을 뿐이다. 나는 고민 끝에 이 임산부에게 헤파린 주사 치료를 시도했는데 이후 태동이 늘고 양수가 증가했다. 결국 임신 27주에 약 500그램이 되었고, 이제는 외래에서 시행한 혈류검사가 주의를 요하는 상황이라 지난주에 입원을 결정했다.

이제는 태아의 상태를 지속적으로 모니터하는 상황. 간

헐적인 태아 심박동 이상이 밤만 되면 나타나는데 바로 수술을 결정할 상황은 아니었고 현재 주수를 고려하면 조금 더 시간을 끌어야 했다. 당직을 서는 전공의 선생들은 밤마다 이 '안심할 수 없는' 태아의 심박동을 지켜보면서 내게 자주 전화했다. 그러나 새벽으로 넘어가면 또 태아는 언제 그랬냐는 듯이 '안심할 수 있는' 심박동을 보였다. 이렇다 보니 언제 갑작스럽게 수술이 결정될지 모르는 상황에서 의료진은 살얼음판을 걷는 심정으로 태아를 하루하루 지켜봐야 했다.

다행히 임산부는 비교적 낙천적인 성격의 소유자였다. 회진을 돌면서 주말을 잘 버티자고 그녀와 손가락을 걸고 약속했다.

다음 회진 역시 고위험 병실에 조기진통으로 입원한 임산부였다. 임신 33주에 경부 길이 1센티미터 정도로 조산의 아주 고위험군이라고 볼 수는 없었지만, 임산부는 지난번 임신에서 매우 어려운 일을 겪었기에 실제 조산으로 연결될 가능성이 낮은 불규칙적인 조기자궁수축에도 걱정을 많이 했다. 그녀가 겪은 지난번 임신의 어려운 일은 만삭분만에도 불구하고 드물게 발생할 수 있는 신생아조기패혈증으로 인한 사망이었다(신생아조기패혈증은 1,000명당 1명 정도 발생하나, 이는 조산아에서 급격히 증가하고 만삭아에서는 드물어 신생아 체중이 2.5킬로그램 이상인 경우 1,000명당 0.57명 정도 발생하는 것으로 알려져 있다.[4] 따라서 만삭아에서의 빈도는 매우 낮은데 안타깝게도 그 드문 상황이 발생한 것이었다). 지금은 조기진통 때문에 불안한 눈빛을 보이는 이 임산부에게 나는 현재의 조기 자궁수축은 실제 조산으로 진행할 가능성은 낮으니 너무 걱정할 필요는 없다며 위로했다. 이 임산부의 머리맡에는 얼마 전 우리 팀 전공의 선생과 분만장 간호사가 같이 만들어준, 걱정을 대신해준다는 걱정 인형이 자리하고 있었다.

다음도 조기진통으로 입원한 임신 27주의 임산부였다. 약 3주 전 타 병원에서 조기진통이 진행하는 것 같다며 전원된 이 임산부는 현재 자궁수축억제제 치료를 하면서 잘 버티고 있다. 사실 이 임산부는 시험관임신을 통해 쌍태임신이 되었는데, 한 태아가 에드워드증후군으로 확진되었다. 그런데 양수과다증이 동반되어서 그런지 타 병원에서 선택적유산술을 시행했다. 그러나 이후에도 에드워드증후군 태아의 양수 양은 줄지 않았다.

가끔 쌍태임신에서 한 아기만 염색체 이상이 있는 상황이 발생한다. 이러한 임신에 대한 처치는 산과적, 윤리적으로 매우 복잡하다. 어쨌든 이 경우에 에드워드증후군인 태아에 대한 선택적유산술을 시행한 이유는 에드워드증후군에서 흔히 발생하는 양수과다증이 조기진통으로 인한 조산 위험을 증가시킬 것을 우려했던 것 같다. 그러나 유산술에도 불구하고 양수가 지속적으로 많았기에 원하던 결과가 발생하지 않은 것이다.

이 임산부도 걱정이 많은 편이라 미약한 조기자궁수축에도 힘들어했다. 우리는 계속 괜찮을 가능성이 높다고, 잘 버티라고 이야기했다.

오늘 수술한 산모의 회진도 있었다. 그녀는 40세의 초산모로, 시험관임신을 통해 예쁜 딸을 품고 제왕절개수술로 아이를 맞이했다. 그녀가 일본인이라 의사소통이 잘되지 않았기 때문에 수술장에 통역을 할 수 있는 분이 들어오도록 했었다.

외래 첫 방문 때부터 친근감을 표시해왔던 이 부부의 회진도 매우 새로웠다. 나는 결혼을 몇 년에 했는지 다시 물었다. 남편은 결혼한 지 10년 만에 아기를 갖게 되었다면서 감사하다는 말을 전했다.

오늘은 전원되어 오는 환자가 유독 많은 금요일인 터라 개인병원에서 의뢰되어 입원시킨 임산부가 2명이나 있었다. 첫 환자는 이전 임신까지는 아무 문제가 없던 만삭의 경산부로, 분당 200회를 넘어가는 태아 부정맥이 발생해 급하게 전원되었다. 응급으로 시행한 심장초음파에서도 빠른 분만이 필요할 거라는 소견으로 일단 내일 유도분만을 하기로 결정했다. 이처럼 태아가 심장이 나쁜 임산부뿐만 아니라, 본인에게 심장 부정맥이 있는 임산부도 오늘 전원되었다.

유난히 바빴던 어느 금요일 저녁, 각기 다양한 상태인 임산부와 태아들이 산과 병동에 입원해 있었다. 넘치는 축복 속에 탄생의 기쁨을 맞이하는 가족도, 계속 질문하면서 걱정하는 임산부도 있었다. 갑작스러운 태아의 상태 악화로 차마 어떠한 질문도 하지 못하고 울먹이는 임산부도 있었다.

나는 이 모든 사람이 다가오는 주말을 잘 버틸 수는 없으리라고 직관하고 있었다. 이번 주말에는 콜을 여러 번 받게 될 것 같다.

근심과 불안은 걱정 인형에게 맡기고
힘을 내주길 바라는 의료진의 마음

마음에 남은 선물

산부인과 의사를 하면서 가장 기억에 남는 선물을 꼽는다면 그건 C에게 받은 것이었다. 그녀는 내가 수술한 사람도 아니고, 아기를 받아준 사람도 아니었다.

산부인과 전문의를 마치고 2004년 서울대병원 산과 전임의를 하면서 한 달간 서울대병원 건강검진센터에 파견 진료를 한 적이 있었다. 건강검진센터를 찾는 이들은 대개 질환에 걸려서 진료를 받는 사람이 아니기 때문에 간단한 병력 청취과 일반적 산부인과 진찰, 초음파검사, 자궁경부암검사 등을 시행하는 것이 전부다.

그 당시 나는 C의 병력 청취와 진료를 통해 특정 암 발생 가족력이 있다는 것을 확인했고, 관련된 유전자 이상에 대한 내용 등을 설명하며 산부인과 지식을 동원해 10여 분간 상담했을 뿐이었다(상담 시간이 짧은 게 우리나라 의료 체계의 문제라는 건 여기서 이야기하지 않으련다).

그다음 해인 2005년부터 삼성서울병원에 근무하고 있었는데 2006년 어느 날, 교수실로 전화가 한 통 걸려왔다. 그리고 C는 카드와 선물을 가지고 병원에 찾아왔다. 지금도 그녀가 비서와 함께 내 방에 들어오던 순간이 생생하다. 그녀는 무려 2년 전 10분 남짓 진료를 담당했던 의사가 이동한 직장을 찾고 찾아서 온 것이었다.

강인하면서도 부드러운 인상의 그녀가 남기고 간 카드에는 당시 진지하게 진료해주고 상담해주어 너무 감사하다는 내용이 적혀 있었다. 자신은 옷과 액세서리를 수출하는 회사를 운영한다고 하면서 내 체구에 맞을 만한 옷가지 몇 벌과 액세서리를 감사의 표시로 주고 갔다. 선물 중에 검은색 정장이 있는데, 10여 년이 지난 지금도 그녀를 생각하며 그 옷을 입는다. 또한 수고스러운 걸음으로 표현한 고마움에 대해 감사의 마음을 가슴속에 소중히 간직하고 있다.

이 일은 산부인과 의사로 경험한 것 중에서 손에 꼽을

만큼 특별한 경험이었다. 단순히 누적 시간만 비교하자면 그녀에게 들인 산술적 진료 시간의 수십, 수백 배의 시간을 들이고도 어떤 임산부와 보호자 들에게 나는 그다지 인상적이지 않은 경우가 많은 게 현실이기 때문이다.

진료 행위가 이뤄지기 전에 뭔가를 의사에게 전달하는 것은 다분히 '나를 더 잘 봐달라'는 무언의 압력이 있는 것으로 느껴질 수밖에 없다. 당연히 이런 선물은 받지 않는다. 몇 년 전에는 예정일이 다가온 어떤 임산부의 남편이 '연말인데 다른 교수님들이랑 식사나 한번 하시지요'라고 하면서 봉투를 불쑥 내밀었다. 부담 갖지 말라면서, 감사 표시를 하는 말을 덧붙이며. 당연히 받지 않았다(사실은 기분이 좋지 않았다).

그 임산부는 임신 41주 진통 후반부에 태아의 머리가 잘 내려오지 않아서 응급제왕절개수술을 했으며 아기는 태변흡인증후군으로 신생아중환자실에서 잠시 치료받고 별 문제 없이 퇴원했다. 나는 진통 과정을 지속적으로 지켜봤으며 한밤중에 응급제왕절개수술을 집도하고 산모의 회복 과정 등에 많은 신경을 썼지만 보호자는 수술 후나 퇴원 전까지 끝내 한 번도 감사하다고 인사하지 않았다. 이로써 외래에서 내밀었던 봉투는 뇌물이란 게 입증된 셈이다.

2015년 12월 페이스북 창업자 마크 저커버그가 딸을 낳고 자신이 가진 페이스북 주식의 99퍼센트를 미래 세대를 위해 기부했다는 소식이 전해졌다. 그 소식을 듣고 생각난 산모가 있다.

3년 전, 당시 병원장님께 편지 한 통을 전해 받았다. 우리 병원에서 출산한 산모가 아기 돌 기념으로 아기를 받아준 나와 병원 관계자들에 감사의 마음을 전하면서 병원에 1,000만 원을 기부했다는 것이었다. 이 산모는 고위험 임산부도 아니었고, 그야말로 무던한 산전 진찰과 출산을 했는데 고마움을 표시하면서 저커버그처럼 미래 지향적인 기부를 한 것이었다. 이 또한 잊지 못할 선물이다. 앞으로도 고위험 임산부와 신생아를 위한 이런 선물(기부의 형태)이 많아지길 기대한다. 이러한 기부 문화가 우리나라가 진정 선진국으로 가는 길이라고 생각한다.

한여름 밤의 콜

밤 11시 25분, 오늘도 어김없이 병원에서 힘들게 당직을 서고 있는 전공의 선생으로부터 콜이 왔다. 진통 중인 초산모가 이제 자궁 경부가 다 열렸으며 힘주기를 시작할 때가 되었다는 것이었다.

병원에서 받는 콜은 응급도에 따라 구분되는데, 초산모가 이제 자궁문이 다 열렸다는 콜은 사실 응급도의 측면에서는 가장 여유가 있는 상황이다. 초산모의 평균 힘주기 시간은 1~2시간이기 때문이다. 초응급 상황은 1분도 지체 없이 바로 나가야 하는 상황이다. 예를 들어 태반조기박리가 의심되는 경우가 대표적이다.

병원에서 오는 콜에 대한 개인적인 응급도 분류는 내가 얼마나 준비를 하고 나가느냐로 구분된다. 전화받고 그냥 나가면 가장 심한 단계, 양치만 하면 그다음 단계, 양치와 세수를 같이하면 그다음 단계, 얼굴에 선크림이나 로션이라도 바르면 그다음 단계다. 이 경우는 맨 마지막 단계였다.

피곤한 몸을 끌고 차에 올라 시동을 걸었다. 병원에 도착한 시간은 밤 11시 45분. 분만장에 전화했더니 아직 시간이 좀 걸릴 것 같다고 했다. 13년 전 이 병원에 왔을 때 이러한 상황에 대비해 인터넷 쇼핑몰에서 12만 원쯤 주고 구입한 소파에 몸을 기댔다.

어느새 나는 밖으로 나와 택시를 타고 있었다. 뒷좌석에 앉아 있었는데, 이상하게도 우리 병원 다른 산부인과 교수님 2명도 함께 뒷자리에 타고 있었다. 택시 기사님은 앉은키가 작았고 근육질의 몸을 가지고 있었다. 그런데 우리를 목표 지점이 아닌 다른 곳에 세워주고 유유히 사라져버렸다. 그곳은 버스 종점처럼 보였다…. 갑자기 토끼가 나왔다. 조금 전 내게 분만 콜을 했던 전공의도 나왔다. 무슨 이유인지 토끼는 수술을 받아야 했고, 수술 중에 갑자기 굵은 혈관 하나가 터지면서 피가 나기 시작했다….

번뜩 눈을 떠보니 시간은 이미 새벽 1시가 지나 있었다. 택시 기사님과 동료 교수님들, 토끼 그리고 혈관이 나온 장면은 모두 꿈이었다.

문득 분만 진행 상황이 걱정되어 분만장에 전화를 했고, 당직 전공의는 임산부가 힘을 잘 못 주고 있으며 이제야 태아의 머리가 산도에서 보일까 말까 한다고 했다. 수술해야 하는 상황인지 물었더니 그 정도는 아니라고 자신 있게 이야기했다(역시 임산부의 상태를 가장 잘 파악하고 있는 사람은 바로 그 옆을 지키고 있는 산부인과 전공의다).

결국 자연분만을 마치고 집에 도착한 때는 새벽 2시 반쯤이었다. 기말고사를 끝낸 둘째 서영이가 고양이 메이와 함께 침대에서 잘 자고 있는 모습을 확인하고 큰딸 방에 들렀다. 민영이는 엄마가 너무 힘든 게 아니냐고 걱정을 해준다. 괜찮다고 말하면서 고마운 마음을 담아 잘 자라고 이야기하고 방을 나왔다.

안방에 들어와 한강 반대편으로 멀리 반짝이는 건물들의 불빛을 보니 왠지 모를 슬픔이 밀려왔다. 얼마 전 사랑하는 두 딸이 엄마 생일이라고 건넨 편지를 읽고 또 읽는 동안 한여름 밤이 지나갔다.

두 딸이 엄마 생일이라고
건넨 편지를 읽고 또 읽는 동안
한여름 밤이 지나갔다

생명을 살리는 감(感)

무슨 일이든 한 분야에서 오래 일하다 보면 감(感)이라는 게 생기는 것 같다.

비교적 느지막이 결혼한 41세 임산부가 임신 21주에 태아 폐에 혹이 관찰된다는 소견으로 군산에서 우리 병원으로 전원되었다.

초음파검사로 확인한 혹은 태아의 좌측 흉곽을 차지해 심장을 밀고 있었다. 이 종괴의 의학적 명칭은 선천성 낭성 샘모양기형(Congenital Cystic Adenomatoid Malformation)으로, 발생빈도는 대략 1만 명에 1명이라고 알려져 있지만 실제 대학병원에서는 비교적 자주 보는 태아의 이상이다. 다행히 이 종괴는 동반 기형의 빈도가 낮고 태아가 엄마의 배 속에서 자라는 동안 호전되는 경우가 40~50퍼센트에 이르는, 예후가 좋은 편에 속한다.

태아의 폐 종괴는 좀 큰 편이었으나 나는 이 부부에게 전반적으로 양호한 예후에 대해 설명해주었고, 집이 군산이니 연고지 병원을 다니다가 두 달 뒤에 오라고 했다.

임신 29주에 두 번째 진료 시, 예상대로 태아의 폐 종괴는 이전보다 작아지면서 호전 추세에 있었다. 임신 33주 세 번째 진료 시 종괴는 더 작아져 흉곽의 4분의 1 이하로 줄었다. 아기의 예상 몸무게는 약 1.9~2킬로그램이었다. 부부에게 이제 종괴는 많이 작아졌고 정상 폐 조직이 충분하니 군산에서 가장 가까운 대학병원에 가서 분만하라고 권유했다. 임신 마지막 달에는 일주일 간격으로 병원에 와야 하는데 군산에서 서울까지 매주 오가야 하는 고령 초산모와 남편의 수고가 안타깝게 느껴졌기 때문이었다. 결국 임산부와 남편은 2주 후에 우리 병원으로 오겠다고 하고 귀가했다.

그런데, 임신 35주에 이르러 예정된 날짜에 방문한 태아에게 약간의 이상 소견이 발견되었다. 태아의 성장이 더딘 소견이 나타났고 추가적으로 시행한 도플러초음파검사나 태동검사 결과가 양호하지 않았던 것이다. 나는 임산부와 보호자에게 종합 소견을 전하며 태아의 건강상태가 우려되니 바로 입원하라고 권했다. 부부는 군산에서 아무런 입원 준비 없이 예정된 외래를 온 터라 갑작스러운 입원 권유에 당황해했다. 다행히 임산부는 내 말을 듣고서 곧장 입원했다.

사실 임산부들의 입원 결정은 갑작스럽게 결정되는 경우가 많다. 1주 전까지 멀쩡하다가도 갑자기 혈압이 높아지는 임신중독증이 진단될 수도 있고, 이렇듯 2주간 태아의 성장이 이뤄지지 않는 상황이 일어날 수도 있다. 그래서 외래에서 입원 결정을 하면 임산부는 아직 입원 준비가 안 되었다, 마음의 준비가 안 되었다, 심지어 아기용품을 아직 안 샀다고 하면서 입원을 거부하는 일이 빈번하다.

단도직입적으로 말하자면 산과 의사가 입원을 권유하는 이유는 입원하지 않았을 때 임산부와 태아의 건강을 장담할 수 없기 때문이다.

혈압이 높고 단백뇨가 많이 빠지는 등 임신중독증이 의심되는 임산부에게 입원하라고 하는 것은 집에서 갑작스러운 혈압 상승으로 뇌출혈이 생기거나 발작 같은 임신중독증 악화로 인한 이환, 돌이킬 수 없는 상황이 생길 가능성이 있기 때문이다. 자궁내태아발육지연이나 양수감소증 등으로 입원을 결정하는 이유는 태아의 건강상태에 대해 이제는 더 이상 안심할 수 없고 병원에서 집중 관찰이 필요해서다.

처음부터 자궁내태아발육지연이 진단된 것도 아니고 예정된 외래에 왔는데 아기가 작다, 태동검사가 좋지 않다, 입원해야 한다는 설명을 듣는 임산부와 보호자의 입장이 이해가 안 되는 것은 아니다. 하지만 이런 상황에서 임산부와 보호자가 유념해야 할 것은 입원 결정은 담당 의사의 의학적 판단과 오랜 경험에 의해 이뤄진다는 것과, 제 날짜에 입원하지 않으면 그 책임은 당사자에게 있다는 점이다.

외래 후에는 늘 진이 빠져 쉬고 싶지만 오늘은 학회 회의가 열리는 고속버스터미널 근처 호텔로 곧장 가야 했다. 일원역까지 총총걸음으로 가서 3호선을 타고 고속버스터미널 역에 내렸다. 여기서 호텔은 또 왜 이리 먼지···. 회의를 마치고 9호선을 타고 집에 도착했다. 다음 날은 토요일이니 늦잠을 조금 잘 수 있으려나 기대하면서 풀썩 드러누웠다.

그런데 새벽 5시 반에 당직 치프 전공의에게서 전화가 왔다. 군산에서 온 임산부가 새벽에 양수가 터졌고, 진통이 오면서 태아 심박동 이상이 나타나고 있다고(자궁내태아발

216

육지연이 있는 태아는 진통 시 태아 심박동 이상이 발생할 가능성이 증가한다). 나는 응급수술을 준비하라고 하고 택시를 탔다. 학회 회의를 가느라 차를 병원에 놓고 왔기 때문이었다.

아빠의 눈을 닮은 딸이 태어났다. 몸무게는 2.16킬로그램. 비록 수술 전 태아 심박동 이상이 나타났지만 바로 수술 결정이 이뤄진 덕분에 우리 모두는 아기의 첫울음을 잘 들을 수 있었다. 아기는 조산이고 체중도 적은 데다 폐 종괴에 대한 평가도 필요하기에 신생아중환자실에서 관찰하기로 했다.

만약 임산부가 당일 입원하라는 권유를 듣지 않았으면 어떻게 되었을까? 새벽 4시 반, 군산에서 자다가 양수가 터지고 진통이 오는 상황에서 서울로 오기까지 몇 시간이나 걸렸을지 모른다. 그동안 태아의 심박동 이상은 지속되었을 테고… 아기는 오는 길에 이미 자궁 속에서 잘못될 가능성이 컸다. 또한 서울로 올라오는 몇 시간 동안 임산부가 느꼈을 공포와 옆에서 조바심을 가지고 운전대를 붙잡아야 했을 남편의 초조함은 어떠한가.

사실 임신 35주에 2.1킬로그램이면 태아가 아주 심하게 작은 것은 아니다. 외래에서 시행한 태동검사도 심한 정도의 비정상 소견은 아니었다. 입원해서 지속적으로 시행한 태아 심박동 모니터는 새벽에 양수가 터지기 전까지는 오히려 지속적으로 완전 정상 소견을 나타냈다.

기본적으로 입원의 결정은 의학적인 판단으로 이뤄지지만, 이러한 의학적 판단이 수학 공식과 같은 것은 아니어서 의사의 감(感)이 더불어 작용함을 부인할 수 없다. 어느덧 이 병원에서 산과 교수가 된 지 15년이 넘었고, 다행히 이러한 감으로 살린 생명이 적지 않다.

분만 환경은 여러 가지 사회적인 이유로 점점 더 어려워지고, 산부인과의 선택과 분만 의사의 길이 점점 기피되고 있다. 그뿐만 아니라 해외학회 출장 기간을 제외하고는 거의 매일 고위험 임산부로 인한 콜을 받아야 하는 산과 교수 기피 현상은 이제 지방을 넘어서 서울권에서 나타나고 있다. 교수가 없는 것은 가르칠 사람이 없는 것이고, 미래가 없는 것인데…. 임신, 출산과 관련한 의학적 지식을 배경으로 경험에서 우러난 감까지 갖게 되는 의사가 줄어드는 것이 무척 걱정스럽다.

나의 두 딸을 만나기까지

나는 첫딸을 전공의 3년차 말에 낳았다. 1998년이었고, 그 당시 여성 전공의는 대부분 아기를 낳기 직전까지 일을 했다. 임신해도 모든 근무 스케줄이 동료 전공의와 동일했고, 진통이 오면 그때부터 출산 휴가에 들어갔다. 출산 휴가는 공식적으로 2개월이었지만 그 시간을 온전히 다 쉬는 전공의는 없었고, 산과학 교과서에서 말하는 산욕기(분만으로 인한 상처가 완전히 낫고 자궁이 임신 전 상태로 회복되기까지의 기간을 말하며 대개 산후 4~6주간을 이른다[5])의 정의인 6주가 지나면 병원 업무에 복귀했다.

아기를 낳고 5주 정도 지났을까? 동기이자 전공의 총무를 맡고 있던 선생님에게서 전화가 왔다.

"수영아, 잘 지내지? 몸은 괜찮고?"

"응, 잘 지내, 아기 예뻐. 근데 병원 바쁘지? 나 언제 나가야 돼?"

"6주 되어서 나와주면 좋고…."

"그래, 알겠어. 그때 나갈게. 수고 많아."

시간을 더 거슬러 올라 첫딸을 만난 날.

예정일 새벽에는 뭔가 흐르는 느낌이 나서 눈이 떠졌다. 그런데 계속 새는 것이 아니라 간헐적으로 조금씩 흐르는 느낌이 났기 때문에 이게 양수인지 아닌지 확실하지가 않았다. 만약 양수가 맞다면 분만을 위해 입원해야 하는 상황이고, 양수가 아니라면 정상적인 근무를 해야 하는데…. 입원과 출근 준비를 모두 해서 아침에 혼자 운전을 하고 병원에 왔다. 지금 돌이켜보면 양수가 터진 상황에서 직접 운전해서 병원에 가는 것은 위험할 수도 있다. 만약 임산부가 양수가 터진 상황에서 운전대를 잡아도 되냐고 물었다면 의사로서 당연히 안 된다고 했을 것이다.

그때는 자신의 환자, 아니 임산부들에게 하지 말라고 하는 일들을 여성 산부인과 전공의들이 많이 했다. 밤을 꼴딱

새는 당직을 3~4일 간격으로 서기도 했다.

출근 당시 남편은 없었다. 남편도 바쁜 내과 전공의 생활로 거의 집에 들어오지 못하던 시절이었다. 절친한 친구이자 동료 선생이 진찰을 해주었고, 결국 양수가 터진 것으로 밝혀져 입원했다. 당일 바로 촉진제를 맞는 유도분만을 해서 저녁 6시 40분경 3.3킬로그램의 여아를 흡입분만으로 겨우 낳았다.

가끔 임산부들이 흡입분만이 안 좋은 거 아니냐고 묻는데, 그러면 나는 이렇게 대답한다.

"저는 두 아이 모두 흡입분만을 해서 낳았습니다. 그런데 머리가 저보다 좋은 것 같아요."

산과학 교과서에도 흡입분만으로 태어난 아이들과 그냥 태어난 아이들 간에 차이가 없다고 이미 잘 기술되어 있다.

아울러 진통 과정에 대해서도 잠시 언급하고자 한다. 진통 1기는 본격적인 진통 시작부터 자궁문이 10센티미터 열리기 전까지의 시간이고, 진통 2기는 자궁문이 10센티미터 다 열린 뒤 아기가 나오기까지의 시간이다.

진통 시간은 사람의 생김새만큼 다양하다. 외국 교과서에 따르면 초산모의 경우 본격적인 진통 시간은 1기와 2기를 합쳐 평균 9시간이지만, 약 19시간까지 길어지는 경우가 있는 것으로 기술되어 있다. 그러나 이는 1989년, 아주 오래전의 연구다. 더구나 체구가 상대적으로 큰 서양인을 대상으로 한 결과일 뿐이다. 일반적으로 체구가 작은 동양인은 전반적으로 진통 시간이 길 수 있다. 2008년부터 1년 반 동안 우리 병원 임산부 848명을 대상으로 진통 시간을 조사한 적이 있었다. 초산모의 경우 진통 1기는 평균(중앙값) 6시간이었지만 최대 23시간까지 걸린 경우가 있었고, 진통 2기는 평균(중앙값) 88분이었으나 최대 7시간까지 걸리기도 했다. 물론 경산부들은 진통 시간이 이보다 훨씬 짧다.

임산부들은 막달에 초음파를 볼 때 아기 몸무게나 머리 크기가 얼마나 되는지 알고 싶어 한다.

"아기 머리가 크면 자연분만 잘 못한다면서요?"

"아기 몸무게가 4킬로그램인데 수술해야 되는 것 아닌가요?"

이런 질문이 늘 이어진다. 물론 태아의 크기가 중요하지 않은 것은 아니지만 그보다 더 중요한 건 임산부의 키, 비만 정도, 골반의 크기, 자궁 경부의 상태 등이다. 단도직입적으로 이야기해서 모델 체형이 순산을 가장 잘한다. 키가 크고 날씬한 여성이 많은 북유럽에서 제왕절개수술 빈도가 낮은

건 이러한 체격적인 요인 덕분이다.

어쨌든 나처럼 작은 체구에는 3.3킬로그램도 큰 아기에
속했다. 진통 2기에 2시간 50분이 걸렸으며 힘들게 계속 힘
주고, 힘주고 하다가 겨우 흡입분만의 도움을 받아 질식분만
을 하게 되었다. 흡입분만이 아니었으면 수술을 했거나, 아
니면 자궁문이 10센티미터까지 다 열리고 4시간 이상 힘주
기를 해서 탈진 상태로 겨우 분만했을 것이다(이 글을 빌려서
적절한 흡입분만으로 순산을 도와주고 큰애를 받아주신 김 선생님
께 다시 한번 감사하는 마음을 전하고 싶다).

이따금 산모들이 분만 뒤 물을 언제 먹어도 되냐고 물어
보는데, 나도 출산 직후 갈증이 심했다. 가장 먹고 싶은 것은
시원한 콜라였다. 출산하고 2시간은 산후출혈을 관찰해야 하
므로 목을 축이는 정도로 물을 취하는 것이 안전하기 때문에
2시간이 지나서야 남편이 사온 콜라를 벌컥벌컥 마셨다. 그
러나 바로 구토하고 말았다. 힘들게 분만을 해서 그런지 허
리가 아팠다. 마치 척추뼈 중의 한 층이 빠진 것 같은 느낌이
들었다.

둘째 서영이를 가졌을 때는 입덧이 심했다. 그때는 한
산부인과 전문병원에서 봉직의로 일하고 있을 때였다. 울렁

거리는 느낌이 멈추지 않아 하루하루를 버티기가 힘들었다. 그래도 일은 해야 되니 정상 근무를 했고, 외래 중간중간에 화장실에서 구토를 하고 와서 임산부들을 진료했다.

속이 울렁거리는 증상은 임신 20주 이후에도 지속되었는데, 그래도 월드컵(2002년) 축구 경기를 보고 있을 때는 집중을 해서 그런지 입덧의 괴로움을 잠시 잊을 수 있었다.

둘째 때는 진통이 먼저 왔다. 어느 일요일 새벽 4시쯤 갑자기 배가 아파왔다. 경산부의 진행은 역시 빨랐다. 이번에는 남편과 동행했다.

큰애를 낳을 때는 무통분만을 했는데, 당시에는 마취과 인력 부족과 여러 문제로 무통 주사를 무조건 놔주지는 않는 시절이었다. 특히 밤에 진통이 시작되면 산부인과 전공의가 마취과 전공의에게 부탁을 해야만 하는 상황이었다. 휴일 새벽, 이미 의국을 떠난 나의 무통 주사를 위해서 후배 산부인과 전공의들이 마취과 전공의를 깨우는 전화를 하는 걸 원치 않았다. 둘째는 결국 무통 주사 없이 분만을 했다. 물론 많이 힘들었고, 역시나 힘주기를 못해서 흡입분만으로 2.9킬로그램의 아기를 겨우 낳았다.

내가 전공의였던 시절, 밤에는 무통 주사를 맞지 못하는 경우가 많았던 그때는 분만장이 참으로 시끄러웠다. 임산부

대부분이 소리를 질렀기 때문이다. 분만장 뒷방의 소파에 작은 몸을 웅크린 채 얇은 리넨 담요를 덮고 잠시 눈을 붙였다가, 진통을 참지 못해 소리 지르는 임산부의 목소리에 다시 깼던 시간들이 지금도 기억 난다. 요즘에도 밤에 임산부가 진통이 시작되어 오면 무통 주사를 놔주는 병원도 있지만 못 놔주는 병원이 있는 것 같다.

둘째를 낳고 9일 만에 박사 논문 심사를 받기 위해 병원에 간 기억도 생생하다. 아직은 불룩한 배를 숨기기 위해 검은색 원피스를 입고 갔다. 허리도 아프고 회음부도 불편했지만 심사위원 교수님들의 일정상 어쩔 수 없었다. 박사 논문 발표를 마치고 나서는 긴장이 풀린 것인지 아니면 임신으로 인한 호르몬 변화로 늘어난 관절 때문인지 고관절 통증이 심하게 느껴졌다.

요새 여성 전공의는 분만 뒤 3개월의 출산 휴가를 의무적으로 갖는다. 아기를 낳고 충분한 출산 휴가를 갖는 것은 좋은 일이지만, '노동'이 아닌 '수련'의 관점에서 본다면 마냥 좋은 일이 아니다. 만약 4년이라는 전공의 수련 기간에 출산을 두 번 하면 6개월, 즉 수련 기간 중 8분의 1을 빠지게 된다. 또한 임신 확인부터 출산 1년까지 당직을 하지 못하고

단축 근무를 의무화하는 규정을 따르다 보면 결국 수련 기간
이 줄어든다.

게다가 하나는 확실하다. 전공의가 임신과 출산 휴가 등
으로 단축 근무를 하게 되면 실제로 그 기간 동안 대체 인력
을 구하기 어렵고 동료 전공의들이 감당해야 할 업무는 상대
적으로 늘 수밖에 없는 상황이라는 것이다.

옛날에는 나의 출산 때문에 고생하는 동료 전공의들에
게 미안해서 진통이 오기 직전까지 일하고 출산 휴가를 다
쓰지 않고 병원에 나와 근무했다고 하면, 이제는 동료 전공
의들에게 미안한 마음과 함께 추가 수련 기간이 느는 것에
대한 우려까지 더해졌다. 오히려 이러한 이유로 전공의 시절
임신을 기피하는 경향이 있다고 하니, 저출산 시대의 아이러
니라는 생각이 든다.

수영에게, 당부한다

아빠는 붓글씨를 잘 쓰셨다. 아빠의 권유로 나도 초등학교 5학년 때부터 3년쯤 동네 서예학원에서 붓글씨를 배웠다. 계절이 바뀌고 때가 되면 아빠는 '立春大吉(입춘대길)' 같은 한자를 쓰셨고, 엄마는 그걸 현관이나 냉장고에 붙여놓곤 하셨다.

2000년 2월 전공의 수련을 마치고 나는 3월부터 산과 전임의를 하게 되었다. 이어 1년간의 전임의 생활을 마치고 산부인과 전문병원에서 봉직의로 근무했다. 당시 정말 많은 임산부를 봤던 것 같다. 온종일 외래를 보는 날도 있었는데,

그런 날 저녁에는 녹초가 되었다.

이른바 페이닥터로 일하면서 1년이 지나갈 무렵, 그동안 많은 임산부를 보며 풍부한 경험을 쌓았다고 생각하면서도 왠지 모를 허전함이 밀려왔다. 특히 당직을 서는 동안에는 더 그런 생각이 들었다. 하루하루를 바쁘고 힘들게만 보내던 전공의와 전임의 1년차 시절에는 별로 생각하지 못한, 미래의 내 모습을 상상했다. 전임의 1년차를 마치면서 "10년 뒤의 모습을 생각하고 내년의 행로를 정하라" 하셨던 교수님의 말씀이 또렷이 떠올랐다.

다시 학문에 뜻을 가지고 대학으로 돌아온다는 것은 쉬운 일이 아니었다. 그럼에도 모교로 돌아가 다시 전임의를 하고, 운 좋게 2005년 삼성병원으로 오게 되었다. 2년간 임상 조교수 시기를 보낸 다음 2007년 3월에 성균관대학교 의과대학의 정식 조교수로 발령받았다.

내가 대학에 다시 돌아가서 전임의를 하게 되었다고 말씀드렸을 때 아빠는 매우 기뻐하셨다. 부모는 자식에게 어떠한 길을 강요할 수 없지만, 본인이 중요하다고 생각하고 바라던 가치를 자식이 추구할 때 더없이 기쁘다는 것을 내가 부모가 되고서 알게 되었다.

아빠는 서울대 약학대학 졸업 뒤 바로 회사에 취직을 하서야만 했다. 이러한 결정에 3남 4녀의 장남으로서의 무게감이 작용했다는 것은 매년 명절 때 친척들이 모여 대화하는 걸 들으면 충분히 짐작할 수 있었다. 아빠는 40대에 박사학위를 취득하셨는데, 사업을 하면서 어떻게 대학 실험실을 오가고 논문을 쓰셨는지 지금의 나로서는 상상이 되지 않는다.

발령을 받아 교수가 되었다고 말씀드리자 아빠는 "축 교수 발령"이라는 제목과 함께 한 편의 글을 붓글씨로 써주셨다.

수영에게

가정과 병원 근무, 그리고 연구 등을 위해 인고(忍苦)의 노력(努力)을 감수한 끝에 드디어 교수 발령을 받다니 진심(眞心)으로 축하한다. 아빠로서 소망하던 목표를 여식이 디뎠다는 것이 한없이 자랑스럽구나. 옆에서 보살펴주신 시부모님과 외조해주는 남편에게 항상 감사한 마음을 간직하고 있으리라 믿으며 또한 당부한다.

2007년 3월 17일

아빠 오연준

이 글을 고개 들면 바로 보이는 교수실 컴퓨터 앞 칠판에 붙여놓았다. 편지를 받은 지 10년이 훌쩍 넘어 글자는 점점 흐려지고 있지만, 아직까지 교수로서 내 삶을 버티게 하는 원천 같은 것이다.

교수의 삶이 편할 거라는 생각을 가지고 있는 사람도 있을 것이다. 하지만 금요일부터 일요일까지, 남들에겐 휴일인 날들에도 응급수술 콜을 받고 매일 병원을 오간다는 사실을 알게 된다면 오해는 금방 사라질 것이다. 일요일 오전에 회진을 돌러 갔는데 오후에 응급수술이 생겨서 병원을 두 번 오간 적도 있다. 여기에 학생과 전공의, 전임의 교육뿐만 아니라 연구를 지속하고 계속 논문을 써야 하는 것도 교수로서 해야 할 일의 기본이다.

힘들 때마다 아빠가 써준 편지를 보면서 마지막 글귀를 늘 생각한다. "또한 당부한다"라는 구절에서 아빠는 무엇을 당부하고 싶었던 것일까? 왜 아빠는 목적어 없이 동사만 적었을까? 문과 교수가 꿈이었다는 아빠가 문법을 틀렸을 것 같지는 않다. 아빠는 아마 미래의 일을 생각하고 '당부'하신 것 같다. 교수로 살아가는 삶에서 힘든 부분이 닥쳐오더라도 잘 버텨내길 '당부'하고 싶으셨던 게 아닐까?

수술받고 수술한 날

산부인과 의사로 경험한 일 중 가장 기억에 남는 순간을 꼽으라면 몇 년 전에 중환자실에서 머리에 헤드랜턴을 끼고 수술한 일과 그보다 오래전 어느 날 오전에 수술받은 내가 오후에 수술하게 된 상황이다.

그날 오전 나는 소파수술을 받았다. 마취에서 깬 뒤 혼자 택시를 타고 친정으로 가서 좀 쉬어야겠다고 부모님께 말씀드렸다. 몸을 누이고 한두 시간 잤나 싶은데 병원에서 전화가 왔다. 산모가 개인병원에서 분만 뒤 과다 출혈로 이송되어 왔고 자궁적출수술이 필요한 상황이라는 것이었다. 당시 병원 산부인과 교수님들이 모두 참석할 수밖에 없는 워크샵이 있었고 주니어 스태프로서 나 혼자만 서울에 있었다. 병원으로 향하지 않을 수 없었다. 오늘 수술받고 누워 있던 딸이 응급수술을 집도하러 간다고 하니 엄마 입장에서도 어이가 없었을 것이다.

"엄마, 나 꼭 가야 돼" 하고는 몸을 추슬러 병원으로 향했다. 친정 집으로 기어들 듯 들어갈 때는 없던 기운이 병원으로 향하면서 다시 회복된다고 느껴졌다. 산모의 혈압은 떨어지고 있었고 가장 빠르고 확실한 처치는 자궁을 들어내는 것이었다. 산모는 이미 마취가 되어 있는 상태였다. 출산 뒤 대량 출혈로 인한 자궁적출수술은 피가 많이 나는 수술이고, 수술 시간도 꽤 걸린다. 나는 얼굴도 보지 못한 산모의 수술을 2시간가량 힘들게 집도한 뒤 집에 돌아와 침대에 몸을 맡겼다.

산과 의사로 생활하다 보면 가끔은 이런 초인적인 힘이 나올 때가 있다. 나만의 경험은 아닐 것이다. 우리나라에서 분만 의사로서 일선에서 최선을 다하는 모든 의사의 경험이리라.

5부

생사를 가로지르는,

앎의 무게

그저, 오블리가다

밖에는 적도의 태양이 내리쬐고 있었지만, 다행히 진료실 안은 그렇게 덥지 않았다. 그 대신 불어오는 바람은 종종 화장실 냄새까지 데리고 왔다.

어제와 그제도 종일 여기, 동티모르의 산부인과 환자들을 진료했다. 진료실에는 영어를 동티모르어로 통역하는 일반 의사 1명과 이곳 보건소(community health center)에서 일하는 일반 의사 1명, 그리고 조산사 1~2명이 함께했다.

내 전공이라 할 수 있는 임산부는 전체 환자의 10~20퍼센트였고, 주로 일반 부인과 환자가 가장 많았다. 그런데 오늘은 다른 날보다 비교적 임산부가 많이 왔다. 그중 두 번째로 진료한 임산부의 초음파를 보고 깜짝 놀라지 않을 수 없었다. 분만이 임박한 38주의 경산부였는데 태아 두 개골 안에 정상적인 대뇌 조직이 거의 없었고 좌우의 반구를 가르는 중격도 전혀 관찰되지 않았다. 진단명은 전전뇌증 (holoprosencephaly). 흔한 기형은 아니지만 그렇다고 아주 드물다고 할 수 없는… 그러나 만삭까지 간 이렇게 심한 전전뇌증을 본 적이 없었다.

임산부와 보호자에게 태아의 상태를 설명하고 동티모르의 수도 딜리에 있는 국립병원에서 분만하라고 권했다. 우리나라 같으면 이처럼 심한 태아 기형이 발견되는 순간, 의사는 임산부와 보호자로부터 질문 세례를 받는다.

"이러한 질환이 왜 생기는 겁니까?"

"세상에 이런 경우도 있어요?"

"아이가 태어나서 정상으로 살 수 있습니까?"

그러나 이 임산부는 질문이 없었다. 물론 초음파라는 의료기술을 처음 접했고, 임신 과정에서 산전에 태아 기형을 미리 진단을 받은 사람이 주변에 아무도 없기 때문일지도 몰랐다. 혹은 낯선 나라에서 온 의사 앞이어서 그랬을까? 어쨌든 임산부는 설명을 듣고 단 한마디 질문도 없이 진료실을 나갔다.

2016년 여름, 병원과 초록우산어린이재단의 프로젝트로 동티모르에서 진행하는 의료봉사 캠프 2년차 행사에 참여하고 있었다. 병원의 사회공헌실에서 온 공문에 '모자보건이 시급한 나라로 현지 의료진 교육이 중요합니다'라는 말에, 다시 한번 '늘 의욕만 앞서는' 타고난 성격이 발동한 것이었다.

결국 우리는 10시간의 비행 뒤 멀미를 일으키는 울퉁불퉁한 길을 차로 여섯 시간쯤 달려 적도를 지나 남반구에 위치한 인도네시아 반도의 동쪽에 있는 동티모르 오른편 끝, 로스팔로스라는 마을에 이르렀다. 우리나라로 치면 서울에서 강릉 정도에 해당하는 거리일 텐데 길이 파인 곳이 많고 산악지대를 지나야 했기 때문에 아침 8시에 딜리에서 출발했지만 로스팔로스에 도착하니 오후 4시가 되었다. 우리 팀은 로스팔로스 보건소에서 나흘간 이뤄질 진료를 위한 준비를 시작했다.

동티모르는 강원도 크기인 작은 나라다. 역사적으로 400여 년 동안 포르투갈의 지배를 받았고 이후 인도네시아의 지배를 받다가 2002년에 독립한 나라로, 우리나라의 상록수 부대가 주둔한 적이 있다고 한다. 인구는 약 100만 명이라고 했다.

동티모르 로스팔로스의 보건소에서 만난
순수한 눈망울을 가진 임산부들은,
아무 질문 없이 그저 감사하다는 말과 함께
진료실을 떠났다

낯선 나라, 내가 처음으로 참여하는 해외 의료봉사. 그곳에서 어떤 역할을 할 수 있을까? 고민은 이미 출발하기 한 달 전부터 시작되었다. 단순히 단기적인 진료 자체가 이 가난한 나라의 사람들에게 도움이 될 가능성은 낮다고 판단했기 때문에, 내 나름대로 강의 준비에 최선을 다했다.

강의 주제는 임신중독증에 관한 내용이었지만, 주로 의료자원이 부족한 환경(low resource setting)에서 어떻게 이 모성사망의 2대 원인을 대처할 것인지에 집중했다. 나는 임신중독증의 진단과 치료에 대한 전반적 내용뿐만 아니라 2012년 세계보건기구(WHO)에서 제시한 산모와 아기를 위한 'priority life-saving medicines'의 리스트, 2016년 의학지 〈더 랜싯〉에 실린 '의료자원이 부족한 환경에서 임신중독증 예방을 위한 열네 가지 전략'을 소개했다. 예를 들어 가족계획을 잘 세울 것, 칼슘 섭취가 부족한 여성은 칼슘을 잘 복용할 것, 임신중독증 고위험군은 아스피린을 복용할 것, 임신 제3분기에 병원에 잘 다닐 것, 병원이 항고혈압제와 임신중독증 치료를 위한 약제인 마그네슘설페이트(magnesium sulfate)를 잘 갖출 것 등이 포함된다.

그 과정에서 알게 된 동티모르의 모자보건에 대한 통계 자료를 소개하자면, 2013년 동티모르의 모성사망비(출생

239

생존아 10만 명당 사망한 산모의 수)는 270명으로 보고되었다 (2015년 WHO 자료 기준). 이는 아기가 370명이 태어나면 산모 1명이 사망한다는 이야기다. 참고로 우리나라 2013년 모성사망비는 11.5명이었다. 우리나라보다 약 23배 이상 높은 모성사망비를 보이는 셈이다.

동티모르 여성은 병원에서 분만을 하는 경우가 드물다. 숙련된 의료진이 함께하는 분만은 약 30퍼센트뿐이고 나머지는 집에서 아기를 낳는다고 한다. 게다가 동티모르는 아기를 매우 많이 낳는 나라였다.

내가 나흘간 진료한 여성들은 대개 출산 경험이 5회 이상 있었고, 아이를 12명이나 낳았다고 한 여성도 있었다. 아니나 다를까 WHO 자료를 찾아보니 동티모르 전체의 출산율은 5.9명이었다(2015년 기준, 우리나라는 1.24명). 로스팔로스에서 진료를 끝내고 딜리로 돌아온 저녁에 식사를 대접해주신 대사님께서는 아기를 20명이나 낳은 여성도 있다고 했다.

이렇듯 출산을 많이 하기에 여성이 유산과 사산을 경험하는 일은 매우 흔했다. 나흘간 로스팔로스에서 진료한 여성을 기준으로 어림잡는다면 여성들의 평균 임신 횟수는 약 10~12회이고, 그중 두세 번은 유산하며, 두세 번은 자궁내사망과 신생아 사망을 경험해 살아남은 자녀가 6~7명인 경우가 많았다. 따라서 이들에게 한두 번의 유산은 너무나도 흔한 일이고 자궁내태아사망을 경험하는 일도 매우 많았다.

로스팔로스 보건소에는 산부인과 전문의뿐만 아니라 내과든 소아과든 전문의 자체가 없고, 의대를 졸업한 일반 의사 7명 정도가 근무하고 있었다. 또한 동티모르의 의료 제도는 대부분 정부가 제공하는 무상의료였다. 내 진료실에 들어온 현지 보건소 의사는 진료 첫날 우리가 저녁 8시까지 진료를 하고 있는 상황에서 오후 5시에 홀연히 사라졌다. 다음 날 진료에도 정확히 4시 59분에 내일 보자며 퇴근해버려서 다소 황당한 기분이었다. 물론 의사 개개인마다 차이가 있겠지만, 동티모르 주민에게 더 좋은 수준의 의료가 공급되려면 상당히 오랜 시간이 걸릴 거라는 생각이 들었다.

무상의료이고 아무도 책임지는 사람이 없어서 그런지 몰라도 내 눈에 비쳐진 현지 보건소는 물자가 비효율적으로 운영되는 듯했다. 예를 들어, 내가 진료하던 외래 진찰실에는 상당히 깨끗하고 괜찮은, 임산부가 편안하게 분만할 수 있는 분홍빛 침대(birthing bed)들이 남아돌고 있었는데 막상 분만장 공간에는 아주 낡고 오래된 침대가 배치되어 있었다. 이러한 곳에서 분만이 이뤄진다면 진찰도 불가능할 것 같았다. 산후출혈이 생길 경우 자궁수축이 안 좋은 것인지, 자궁 경부의 열상에 기인한 것인지 감별조차 어렵겠다는 생각이 들었다. 왜 좋은 설비를 사용하지 않느냐고 물었으나 명쾌한 답변을 듣지 못했다.

우리가 도착한 첫날 오전 9시경에 출생한 신생아가 있었다. 누가 봐도 아기는 힘들어하는 모습이었고 호흡곤란에 약간의 청색증을 보였다. 아기는 산소탱크에서 수액 세트의 라인(원래 산소를 주기 위한 라인이 아니고, 링거액을 주기 위한 라인)을 대신 이용해 산소를 코로 흡입하고 있었다. 동행한 소아과 전문의 선생이 앰부가 없냐고 물었으나 옆에 있던 조산사는 모르겠다는 식으로 대답했다. 그러나 우리 팀이 바로 1미터 떨어진 캐비닛에 앰부백과 산소라인이 있는 것을 확인하고 산소통에 연결해 신생아에게 투여했다. 보건소의 열악한 환경은 이해하겠지만 이미 갖춰진 좋은 장비를 쓰지 않고 어떠한 물품이 있는지도 모를 만큼 관리하지 않는 모습은 국가가 제공하는 무상의료제도의 틀에서 안주하려는 의료 공급자의 한계로 보였다.

그 보건소에서는 한 달에 분만이 40~50건 이뤄진다고 했다. 그러나 제왕절개수술을 할 수 없는 병원이므로 수술해야 할 응급 상황에서 태아와 임산부는 그야말로 무방비 상태로 자연사(自然死)를 맞아야 하는 형편이었다. 조산사에게 아침에 전해들은 이야기로는 어젯밤 2명이 분만했는데, 한 신생아는 사망하고 한 신생아는 생존했다고 했다. 사망한 신생아의 경우, 임산부가 보건소에 도착했을 때 태아의 심박동이 들렸냐고 물었더니 있었다고 했다. 진통 중 사망한 것이었다. 열악한 모자보건 현장에서 답답함을 느끼면서도 우리 일행은 짧은 기간 동안 최선을 다해서 진료했다.

마지막 날 진료를 보면서, 역시 초음파를 처음 보는 만삭 임산부의 태아에게서 구순열을 발견했다. 검사 결과를 설명했지만 '세상에 어떻게 내게 이런 일이 생길 수 있을까?' 하고 당황하는 모습은 전혀 보이지 않았고, 이러한 상황을 잘 이해하고 받아들이는 것처럼 보였다. 우리나라 같으면 나중에 수술하고 흉터가 어느 정도 남느냐는 질문까지 기어이 했을 것이다.

일주일이 지나고 우리나라로 돌아와 그동안 밀린 임산부들을 진료하는데 동티모르 여성들의 얼굴이 겹쳐졌다. 진한 커피색의 주름진 얼굴, 순수한 눈망울, 약간은 긴장한 말투로 "오블리가다(감사하다는 뜻의 동티모르 말)"라고 말하며 진료실을 나섰던 많은 여성의 얼굴이.

분만 1일째, 사라진 산모

어느 주말, 개인병원에 다니던 임산부가 찾아왔다. 사실혼 관계의 남자친구가 있는 경산부로, 만삭에 심한 자궁내태아발육지연이 있었고 태아의 염색체 이상이 의심되는 상황이었다. 이런 경우 흔히 동반되는 양수과다증이 심한 상태였다. 당직 산과 전임의는 어떻게든 자연분만에 최선을 다하려고 1.5리터에 이르는 양수를 뽑았고 다행히 자연진통이 잘 시작되었다.

문제는 자궁문이 다 열렸는데도 6시간째 태아 머리가 내려오지 않는 데 있었다. 경산부가 이런 상황에 놓인 것은 비정상 중에도 비정상이다. 보통은 인공양막파수를 시키겠지만 심한 양수과다증이 있어 인공양막파수 뒤 제대탈출증이나 태반조기박리 등 초응급 상황이 생길 확률이 반 이상이었다.

그래도 자연분만에 최선을 다하려는 마음으로 당직 전공의들과 산과 전임의가 토요일 밤을 하얗게 지샜다. 결국 일요일 아침에 조심스럽게 바늘(spinal needle. 척추마취에 사용하는 가늘고 기다란 바늘)로 인공양막파수를 시키고 한 시간쯤 지나 순산에 성공했다. 신생아는 염색체 이상이 의심되는 소견이 있어서 중환자실로 이송되었다.

월요일 새벽 3시, 졸린 눈을 비비고 나와서 응급수술을 하고 있는데 전날 당직이었던 치프가 말했다.

"선생님, 그 산모 어젯밤에 도망갔어요. 사실혼 관계에서 태어난 아기는 홀터에서 안 받는다는 사실을 알고 남자친구와 같이…."

잠이 확 깼다. 토요일 밤을 지샌 전임의에게 자궁문이 다 열린 지 6시간이니 수술하라고 조언했어야 했나? 적어도 수술을 하면 분만 후 하루 만에 도망가지는 못했을 것이고, 분만이 이렇게 쉬운 거라고 착각하지 않고 앞으로 피임을 잘 하든 했을 텐데. 내가 괜히 전임의에게 바늘을 이용해 섬세한 인공양막파수를 해보라고 조언한 것일까? 허탈하다.

'시(時)' 잡다가 아기가 잘못되었어요

제왕절개수술을 예정한 임산부들은 흔히 '시'를 잡아온다. 산부인과 전문의로 종사한 지 20여 년이 되었지만 예나 지금이나 시를 잡는 풍습에는 진화가 없는 것 같다. 개인적으로는 시를 잡아오는 것을 좋아하지 않는다. 솔직히 말하면 매우 싫다. 잡아오는 시점이 대부분 의학적으로 좋은 시점이 아니기 때문이다.

마음 같아서는 환자가 잡아온 때에 이뤄진 수술과 의료진이 권한 시간에 행해진 수술의 예후를 비교해 논문으로 제시하고 싶지만 이를 가치 있는 논문으로 받아들일 권위 있는 학술지는 없을 것이 뻔하므로 여력의 낭비다. 하지만 증례

위주로라도 시를 잡아 하는 수술의 피해를 이야기할까 한다.

세 번째 제왕절개수술을 시행해야 하는 쌍태임신의 임산부였다. 외래에서 임산부와 태아의 상태에 따라서 언제 수술을 하라고 두 차례에 걸쳐 확인했다. 그런데 수술하는 주에 방문한 외래에서 "오늘 태동검사를 확인하고 내일 수술하기로 한 거 맞으시죠?"하고 물으니 하루를 미뤘다고 한다. 시를 잡아온 것이었다. 붙잡고 싶었지만, 하루 차이고 현재 태동검사가 정상이니 그러시라고 이야기했다.

그런데 다음 날 새벽, 병원에서 전화가 왔다. 이 임산부가 어젯밤 9시부터 배가 약간 아프고 불편했는데 참다가 새벽 6시 10분에 병원에 왔고, 태아 심박동이 좋지 않다고. 응급수술을 준비하라 이르고 출근길을 나섰다. 수술에 앞서 왜 지금 왔냐고 물으니 임산부가 대답하지 못했다. 이런 경우 대개 잡아둔 시를 맞추려고 한 것임을 직관할 수 있다.

어쨌든 수술을 진행했다. 심박동이 좋지 않던 첫째 아기는 제대혈의 pH가 6.7로, 쉽게 말하면 사망 직전이었다. 아기는 바로 중환자실로 옮겨졌다. 만약 원래 수술하기로 한 날에 예정대로 했다면 어떻게 되었을까? 외래로 온 날에 바로 입원해 수술 전날 저녁에 일반적으로 시행하는 모니터를 했을 것이다. 그러면 태아의 상태가 안 좋아지고 있다는 것을 미리 알았을 테고 응급수술을 했을 것이다. 그랬다면 아기는 지금처럼 중환자실에 가지 않고 건강했을 것이다. 안타깝게도 이 신생아는 뇌초음파검사 결과가 좋지 않았고 추후 신경학적 이상이 발생할 가능성이 크다.

의사가 임산부와 태아의 건강상태를 확인하고 의학적 경험과 근거를 고려해 정한 수술 시기와 이를 모르는 사람이 잡은 시점 중 무엇을 믿어야 하는지는 분명하다. 정말 안타깝게도 임산부 중 일부는 의사의 말보다 역술인의 말을 잘 듣고 더 믿는다. 의사의 권고에 반하는 경우 책임은 누구에게 있을까?

환자가 시를 잡아온 수술의 피해 사례는 이외에도 많다. 자궁내태아발육지연 때문에 유도분만을 해야 했던 임산부도 그랬다. 역술인이 어느 시점에 낳는 게 좋다고 했다면서 의료진이 권한 수술 시간을 거절했다. 그리고 일주일이 지나 자궁 안에서 태아가 사망한 뒤에야 병원에 왔다.

의학적 지식과 경험을 바탕으로 임산부와 태아에게 최선의 출산 시기를 결정하고자 노력하는 산과 의사로서 묻고 싶다.

"도대체 누구를 위한 시인가요?"

삶과 죽음의 경계에 놓이는 태아

산부인과 의사를 하기로 결심했을 때, 나는 앞으로 이토록 많은 삶과 죽음의 경계를 보게 되리라고 전혀 상상하지 못했다.

그녀는 첫아이를 자연분만한 경산부였다. 그런데 둘째 아이를 임신하고 31주에 이르자 태아의 위치는 역아 상태가 되었다.

그녀가 다니던 서울 근교 개인병원의 의사는 앞으로 태아의 위치를 지켜봐야 하고, 혹시 머리가 아래로 돌아오지 않으면 수술할 수도 있다고 했다. 임산부는 친정 근처에서 분만하겠다며 지방으로 내려갔다.

그런데 무슨 연유인지 지방의 조산원을 찾아가 임신 32주에 태아의 위치를 바꾸는 이른바 외회전술을 받았다. 일주일 뒤 임산부는 복통과 질 출혈로 다니던 병원을 다시 찾았다. 외회전술을 시행한 과거력과 환자의 증상 등을 바탕으로 담당의는 태반조기박리를 의심하고 재빨리 우리 병원으로 이송했다.

병원에 도착했을 때 태아의 심박수는 이미 60~70회 정도로 정상의 반 수준이었다. 중앙 수술장으로 밀고 들어가 수술을 시행했다. 그러나 출생 뒤 제대혈의 pH는 6.536, 염기과다(base excess. 산염기평형을 나타내는 수치 중 하나. 일반적으로 제대혈의 염기과다가 –12보다 낮으면 안 좋은 소견으로 의미가 있다)는 –32, 신생아의 아프가점수는 0점, 2점, 4점. 거의 죽어서 나온 것이다(출생 뒤 제대혈의 pH가 7.0 이하면서 염기과다가 12보다 낮으면 저산소증에 의한 뇌병변을 예측하는 인자가 된다. 전공의 시절부터 지금까지 이런 pH를 본 적이 없다. 아마 앞으로도 볼 일이 없을 것 같다).

심폐소생술이 시행되었고 아기는 신생아중환자실에서 치료를 받았다. 다행히 아기는 살아남았으나 발달장애가 생겼고, 간질 치료를 위해 소아신경과를 지속적으로 다니고 있다.

경산부의 태아가 역아로 자리 잡는 경우는 비교적 흔하다. 32주에 둔위(breech. 역아라고도 한다)였던 태아는 만삭에 이를 때쯤 머리가 아래로 내려와 자연분만이 가능해질 확률이 70~80퍼센트다. 따라서 외회전술은 일반적으로 임신 37주 정도에 이르러 고려하는 방법이다.

외회전술의 합병증으로 태반조기박리, 태아 심박동 이상, 태아-모체 출혈 등이 있다. 위험도가 높고 낮음을 떠나서 잘못된 시기에 외회전술을 시행해 정상적으로 태어날 수 있던 아기가 죽음의 경계를 겨우 지나고 발달장애를 안게 된 것이다.

왜 경험 있는 산부인과 의사의 의학적 충고를 거부하고 이런 행동을 하는지, 출산은 모험이 아닌데 왜 굳이 삶과 죽음의 경계를 넘나들려 하는지. 이해가 어렵다.

반드시 아파야만 하는 임산부는 없어요

40세에 임신해 35주에 이른 임산부가 조기양막파수로 입원했다. 이틀간 진통한 끝에 2.3킬로그램의 건강한 아기를 낳았다. 산모는 진통 활성기에 도입한 뒤 무통분만을 시행했다. 회음절개 부분을 봉합하고 있는데 산모가 하는 말.

"무통분만을 안 하려고 했는데, 그랬으면 순산하지 못했을 것 같아요. 무통분만이 정말 좋네요. 고맙습니다, 선생님."

요새 당연히 시행하는 무통분만을 도대체 왜 안하려고 했었는지 물었다. 산모는 인터넷에서 찾아보니 무통분만이 안 좋다고 나와서 그런 생각을 했다며, 무통분만을 안 했으면 큰일 날 뻔했다고 한다. 아마 진통을 참지 못해 수술을 선택했을 거라고도 말하면서 거듭 고마워했다.

2012년 언론에 많이 나온 이야기 중 하나가 이른바 '인권 분만, 자연 출산'이다. 건강한 아기의 출산과 안전한 모성 관리에 최선을 다하는 현대의학의 처치가 마치 자연을 거스르며 임산부의 인권에 반하는 행동이라는 뉘앙스를 다분히 내포하고 있었다. 이러한 맥락에서 의료진이 권하는 무통분만도 자연에 반하는 출산 과정이라는 것이었다. 자연을 거스르는 것은 나쁜 것이므로 집에서 분만을 하는 이른바 가정분만(home delivery. 2017년 미국산부인과학회 지침에 따르면 계획된 가정분만을 하는 경우에 병원에서 분만을 하는 경우보다 주산기 사망률, 즉 태아와 신생아 사망이 2배 이상 증가해 1,000명당 1~2명이 되고 신생아가 신경학적 이상 또는 경기, 발작을 할 가능성이 3배 증가한다는 것을 임산부에게 알려주도록 권하고 있다[6])을 시도하는 사람도 있다고 한다.

만약 이 임산부가 인터넷에 떠도는 출산에 관한 수많은 잘못된 정보에 의존해 무통분만을 하지 않고 이틀 동안 진통을 그저 견뎠다면 어떻게 되었을까. 이에 대한 책임은 누가 져줄 수 있을까. 이 책임은 잘못된 정보를 제공한 사람들에게 있지 않을까?

맹장수술 또는 양악수술을 하고 나와 통증으로 아픈 환자가 있다고 해보자. 이 환자에게 수술 후 통증은 자연스러운 현상이니 자연에 반하는 진통제 투여는 삼가는 게 좋다고 한다면 받아들일 수 있을까? 임산부는 흔히 무통분만이 부작용이 많다고 오해한다. 1퍼센트 확률로 생길 부작용을 지나치게 크게 받아들인다. 시술 또는 수술에 있어 위험도가 0일 수는 없다. 무통분만도 드물게 두통, 혈압 저하 등의 부작용이 있을 수 있지만 모두 대처 가능하고 치료할 수 있다.

만약 여기에 암환자가 있고 새로운 치료제가 개발되어 항암제로 쓸 수 있다고 하자. 치료제의 치료 성적은 탁월하지만 3퍼센트 확률로 부작용이 나타날 수 있으니 투여를 삼가라 한다면 누가 받아들일까? 자연주의로 돌아가는 걸 택한다면 복잡한 항암치료를 거부하고 자연사(死)를 기다리는 게 맞는 셈 아닐까?

가끔은 입원 시 자궁 경부가 이미 많이 열려 있어서 무통분만을 하지 못하는 경우도 있다. 무통분만을 하겠다, 하지 않겠다 하는 것은 전적으로 임산부 본인의 선택이다. 그러나 반드시 아파야 하는 환자가 없듯이, 반드시 아파야 하는 임산부도 없다. 무통분만을 하고도 겨우 첫째 아이를 출산할 수 있었던 나로서는 무통분만을 충분히 할 수 있는 상황에서 이를 거부하는 것이 신약 항암제 치료를 거부하는 것처럼 느껴진다.

분만촉진제는 마약이 아니에요

　일요일 새벽, 눈을 떠보니 어제 당직이었던 4년차 전공의에게서 반가운 문자가 와 있었다. "교수님, E 산모 어젯밤 11시에 4.67킬로그램의 건강한 남자아이 순산했습니다"라고. 고맙고 기쁜 마음으로 답장을 보냈다. "유치원에 보내라. 정말 수고했어."

　이 임산부는 금요일 오전 11시, 임신 40주 3일에 진통으로 분만장에 내원했다. 자궁 경부는 4센티미터쯤 열린 상태였고 진통의 간격은 5분에서 8분 사이를 오가는, 다소 불규칙한 양상이었다. 외래에서 시행한 초음파에서 이미 태아의 예상 몸무게가 4킬로그램을 넘었고, 분만장에 내원했을 때 측정한 태아의 예상 몸무게는 4.4킬로그램이었다.

우리나라 임산부의 막달 최고의 관심사는 아마도 태아의 몸무게와 머리 크기인 것 같다. 그러나 초음파로 측정하는 예상 몸무게는 오차 범위가 10~15퍼센트로 알려져 있다. 또한 임산부마다 골반의 크기가 다르며 초산과 경산의 분만 진행이 다르고 분만 진통 시 태아가 임산부의 골반에 적응해 내려오는 과정도 천차만별이기에 태아의 몸무게와 머리 크기만이 질식분만의 성공을 예측할 수 없다. 그러므로 단순히 태아의 예상 몸무게가 크다는 이유만으로는 웬만해서 진통 없이 수술을 결정하지 않는 편이다(물론 당뇨가 합병된 임신은 여기서는 논외다).

다행히 임산부는 골반 크기도 비교적 좋은 편이고 자연분만을 하려는 의지가 강해 시도하기로 했다. 그러나 저녁이 되도록 자궁문이 더 열리지 않았고, 이 상태가 그다음 날 오전 10시까지 지속되었다. 대개 초산인 임산부의 자궁 경부가 4센티미터 열린 정도면 약 3분 간격으로 본격적인 진통이 있다. 그러나 그녀는 만 24시간 동안 약 5분 간격으로 효과적이지 않은 진통만 올 뿐이었다.

다음 날 임산부와 보호자에게 촉진제(옥시토신)를 사용하는 게 좋겠다고 이야기했다. 그러나 임산부의 첫 마디는 "촉진제 안 좋은 거라면서요. 태아에게 안 좋지 않나요?"였다.

"지금 이미 임산부의 몸속에는 옥시토신이라는 촉진제가 나오고 있어요. 앞으로 투여할 촉진제는 그와 같은 성분입니다. 태아를 만출시킬 만한 충분하고 효과적인 자궁수축이 안 되기 때문에 도와주는 의미에서 촉진제가 필요한 것이고, 초산모가 4센티미터 자궁문이 열린 상태에서 현재 효과적인 자궁수축이 오지 않는 이유는 아마도 태아가 큰 것과 관련 있을 가능성이 있어요"라고 설명(사실은 설득)하고 촉진제 투여를 시작했다.

2시간 뒤 3분 간격으로 진통이 와서 토요일 정오에 무통마취를 시행했고, 전날 4센티미터에서 멈췄던 자궁문은 순조롭게 열리기 시작해 이날 오후 8시에는 10센티미터로 완전히 열린 상태가 되었다.

토요일 밤 9시, 분만장으로 전화해보니 이제 힘주기에 들어가는 단계라고 했다. 아기가 좀 큰 편이니 혹시 막판에 진행이 안 되면 연락하고, 초음파에서 본 아기의 배 둘레가 상당히 크니까 분만 시 견갑난산(아기의 머리가 나온 뒤 어깨가 산도에 끼어서 나오지 않는 산과적 위급 상황)에 유의하라고 일렀다. 그러자마자 나는 피로의 무게를 견디지 못해 침대에

산부인과에서 옥시토신 사용은
졸린 상황에서 마시는 커피와 같이,
필요한 경우에 득이 된다고 판단될 때 투여한다
촉진제가 임산부와 태아에게 안 좋은 거라면
이는 마약이나 금지약으로
분류해야 맞을 것이다

쓰러지고 말았다. 그리고 일요일 새벽에 확인한 문자가 "4.67 킬로그램의 건강한 남자아이 순산"이었다.

2012년은 산부인과 역사에 뭔가 이상한 해로 기억된다. 그중 하나가 분만촉진제가 임산부와 태아에게 해를 끼친다는 이야기가 인터넷에 떠돌고, 방송에서도 '자연 출산'이라는 제목으로 비슷한 내용이 많이 방영된 것이다.

옥시토신은 뇌하수체에서 분비되는 호르몬으로, 출산 시 자궁에서 많이 분비되면서 자연분만을 위한 플레이어로 기능한다. 이렇듯 우리 몸에서 합성되어 분비되는 옥시토신을 생화학적으로 합성해 만든 사람이 미국의 생화학자 빈센트 뒤비뇨다. 그는 공로를 인정받아 1955년 노벨화학상을 수상했다. 이후로 산과에서 옥시토신은 위의 경우처럼 자궁 수축이 효과적으로 오지 않는 경우, 이른바 긴장저하자궁기능이상(hypotonic uterine dysfunction)이 있거나 임산부와 태아를 위해 분만을 서둘러야 하는 임상적 상황(임신중독증, 자궁내태아발육지연, 양수감소증, 지연임신 등)에 사용되면서 주산기사망과 이환을 줄이는 데 크게 기여했다. 옥시토신은 분만을 서둘러야 하는 의학적 이유가 있는 경우(outweigh the risk)에 쓰는 것이다. 물론 부작용이 완전히 없는 약물은 아니다.

전반적으로 진통 중에 옥시토신을 쓰는 경우와 안 쓰는 경우를 비교하면 산후출혈의 위험성이 약간 증가하는 등 부작용이 있을 수 있다. 한 연구에 따르면 구체적인 위험도는 약 1.3~1.5배 증가하는 것으로 보고되었다. 즉, 자발 진통에 비해 30~50퍼센트가 증가한다는 것이다. 이를 보고 30~50퍼센트에서 의미 있는 산후출혈이 있는 것으로 오해하면 안 된다. 정확히 말하자면, 출산 뒤 수혈해야 할 만큼 출혈이 있는 경우가 약 2퍼센트로 알려져 있는데 이게 3퍼센트로 증가한다는 이야기다. 참고로 쌍태임신, 양수과다는 산후출혈의 잘 알려진 위험인자로 각각 2.6배, 1.8배 증가하니 그야말로 약간 증가할 뿐이다.

밤새 일해야 상황을 예로 들어보자. 너무 졸려서 각성 효과를 위해 커피를 마시면 커피가 득이 된다. 그런데 너무 자고 싶은 상황에서 커피를 마시는 것은 오히려 방해가 된다. 산부인과에서 옥시토신 사용은 졸린 상황에서 마시는 커피와 같이 필요한 경우에 득이 된다고 판단될 때 투여한다. 이 산모가 잘못 알았던 것처럼 촉진제가 임산부와 태아에게 안 좋은 거라면 이는 마약이나 금지약으로 분류해야 맞을 것이다. 마약을 발견한 사람에게 노벨화학상을 주었을 리도 만무하다.

내 경험에 비춰, 이 임산부는 사실 태아가 많이 큰 상태였으므로 자신의 자궁수축만으로는 충분한 만출력이 되지 못한 것이다. 만약 그녀가 합성 옥시토신이 발견되기 이전인 50여 년 전의 임산부였다면 어떻게 되었을까? 자궁문이 4센티미터 열린 상태에서, 5분 간격의 효과적이지 않은 진통으로 몇 날 며칠을 지냈을 테고 결국 분만이 잘 이뤄지기도 어려웠을 것이다.

오늘도 인터넷에 떠도는 잘못된 정보 속에서 헤매는 임산부와 보호자를 설득하느라 진이 빠진다. 커피나 마시고 정신 차려야지.

산부인과 의사가 가장 싫어하는 질문

2013년 봄. 우리나라의 모성사망비가 2008년에 비해 2011년에 약 2배 증가했다는 통계청 자료가 발표되었다. 원인에 대한 분석으로 고령 임산부의 증가와 이에 따른 고위험 임신의 증가가 중요한 영향을 차지하는 것으로 나타났다.

고령 임산부란, 일반적으로 나이가 만으로 35세 이상인 경우로 정의된다. 고령 임산부의 경우 태아의 다운증후군 위험도, 당뇨와 고혈압성 질환 등 내과적 합병증의 빈도, 제왕절개수술률이 증가한다는 사실은 아마 많은 임산부가 알고 있을 것이다. 그러나 그 외에도 유산, 조산, 전치태반, 태반조기박리, 산과적 색전증 등 임신 합병증 대부분이 증가하는 것은 의학적으로 이미 잘 알려져 있다.

　사람들은 요즘 세상에 아기를 낳다가 죽는 게 말이 되냐고 묻지만 분만 의사의 답은 이렇다.

　"아기 낳다가 드물게 죽을 수 있습니다. 임신이란 생리적인 상황인 동시에 병적인 상황일 수 있기 때문입니다."

　일반적으로 임신과 출산의 병적인 상황에 대한 의학적 지식은 산부인과 의사 말고는 거의 모르는 경우가 많다. 이렇게 된 원인으로는 두 가지를 들 수 있다. 먼저 임산부와 가족의 입장에서 '임신과 새 생명의 탄생'이라는 축복의 순간을 병적인 상황으로 보아 어둡게 만들고 싶지 않아 하는 데 있다(병적인 상황으로 인지하더라도 이러한 일이 자신에게 발생할지 모른다는 것을 무의식적으로 부인하게 되며, 이는 의사에게 계속 '괜찮죠?'라고 묻는 것으로 투사되기도 한다).

　산부인과 의사는 10명 중 1명(또는 100명 중 1명)에게 나타날 수 있는 임신과 관련된 병적인 상황을 모든 임산부와 그 가족에게 설명함으로써 이러한 상황이 발생하지 않을 9명(또는 99명)을 불안에 빠뜨리는 일을 해야 하는 것인지, 끊임없는 딜레마 속에 고민한다.

　임신과 출산에 관한 비교적 흔한 병적인 상황으로는 자

연유산, 태아 기형, 조산 등이 있다. 이에 관한 통계를 보면 임산부가 임신과 관련된 합병증 없이 건강한 새 생명을 맞이한 것은 그 자체로 수많은 병적인 상황이 일어날 확률을 절묘하게 피해간, 매우 운이 좋은 경우라는 것을 알 수 있다.

전 세계 모성사망의 빈도는 어느 정도일까? 2010년 〈더 랜싯〉에 게재된 논문을 살펴보면, 2008년에 181개국에서 약 34만 명의 모성사망이 발생했다고 한다.[7] 이는 승객 250명을 태운 항공기가 매일 3~4대씩 추락해 승객이 모두 사망한 수와 비슷하며, 모성사망이 90초당 1명씩 발생하는 것과 같은 셈이다.[8] 전 세계적으로 자궁경부암으로 사망하는 여성의 수를 헤아리면 2분당 1명에 이른다고 하니, 이와 비교하면 임신과 출산이 가진 기본적인 위험도가 얼마나 큰지 짐작할 수 있다.

"에이, 그래도 아기 낳다 죽는 게 말이 되나요? 옛날에는 집에서도 아기를 낳았는데…."

결국 이런 말을 듣는다. 사실은 산부인과 의사가 가장 싫어하는 질문이다. 물론 옛날에는 병원이 없으니 집에서 분만을 많이 했다. 집에서 분만을 많이 하는 나라는 후진국이고 모성사망이 높은 나라다. 북한이 남한에 비해 병원 시설

이 부족한 것에 대해서는 아무도 논란이 없을 것이다. 우리나라에서 최저 모성사망비를 기록한 2008년(출생아 10만 명당 산모 11명 사망)에 북한에서는 출생아 10만 명당 산모 77명이 사망했다. 재작년 마다가스카르의 국립병원에서 한 산부인과 의사가 우리 병원에 3개월간 연수를 왔다. 마다가스카르에서 모성사망비는 200명당 1명이라고 했는데, 가장 큰 원인은 집에서 분만하다가 진통 중 자궁파열이 된 다음에야 병원에 오는 경우가 많기 때문이라고 했다. 임신과 출산이 오직 생리적인 상황이었다면 조선시대에 산실에 들어가면서 신발을 거꾸로 놓는 풍습도 없었을 것이고 모성사망비가 높은 나라도 없을 것이다. 이러한 상황인데도 최근 우리나라에서는 집에서 분만하는 게 유행하고 있다고 하니, 이상해도 너무 이상하다. 거꾸로 가는 역사, 거꾸로 가는 분만 풍토가 아닌가?

2011년 우리나라에서는 직접 모성사망 원인으로 양수색전증이나 폐색전증과 같은 이른바 산과적 색전증이 전체의 40퍼센트를 차지했다. 이는 모두 대표적으로 불가항력적인 것이고 미리 예측할 수 있는 방법이 없으며 급격하게 심폐허탈(심정지 또는 호흡곤란)이 오는 특징이 있다. 두 질환 모두 고령임신과 제왕절개수술이 위험인자로 알려져 있다. 특히 폐색전증은 혈전(혈관 속에 혈액이 응고해 핏덩이를 형성한 상태)의 가족력뿐만 아니라 임산부의 비만, 난임 시술을 통한 임신에서 발병 빈도가 증가하는 것으로 알려져 있다. 난임 시술 자체가 혈전 위험을 높인다기보다는 난임 시술이 필요한 여성이 혈전성 경향과 비만 빈도가 높기 때문이다.

최근 우리나라에 고령 임산부와 비만한 임산부가 많아지고 있으니 앞으로 임신과 관련한 병적인 상황에 따르는 모성사망이 늘어날 것으로 예측된다. 이제는 자궁경부암 예방을 위한 지침처럼 모성사망률을 줄이기 위한 수칙을 만들어야 할 때가 아닐까? 2013년 3월 28일 국회 정책토론회 때 패널로 발표한 내용을 포함해 몇 자 적어본다.

⟨모성사망률 감소를 위한 5대 수칙⟩

1_____ 되도록 젊은 나이에 아기를 낳는다. 적어도 산과적 관점에서는 임산부의 나이가 중요하다.

2_____ 비만은 금물. 모든 합병증이 증가한다. 체중 감소는 정말 어려운 일이지만, 건강을 위해서 노력하자.

3_____ 피임을 잘한다. 임신중절 과거력이 있을수록 출산 시 위험하다. 그러므로 혹시 있다면 담당의사에게 반드시 이야기하자.

4_____ 아기는 병원에서 낳는다. 가정분만으로 신생아 합병증이 증가하고 임산부도 위험할 수 있다.

5_____ 정부는 모든 수단을 동원해 산부인과 전공의 지원율을 높이기 위한 특단의 조치를 취한다. 전공의 지원율이 높아져야 우수한 인력이 산부인과로 유입되고 고위험 임산부를 전담하는 인력이 되어 우리나라 모자보건이 향상될 수 있다.

왜 의사보다 옆집 사람 말에
귀 기울일까요

40세가 넘은 임산부를 보는 일이 점점 흔해진다. 저출산 고령화 사회를 피부로 느낀다. 얼마 전 44세 고령 임산부가 임신 39주에 갑작스러운 골반통과 함께 걷는 데 어려움을 느껴 분만장에 왔다.

그녀는 외래를 잘 다니던 초산부였고 결혼한 지 얼마 되지 않은 임산부였다. 체구는 비교적 작았지만 비만하지 않았고 혈압, 당뇨와 같은 내과적인 질환이 없었다. 그 때문에 산부인과 의사의 관점에서 신체 나이가 실제 나이보다 젊다고 여겨졌다. 나는 보통 임신 37주에 진찰을 하는데 골반 소견도 비교적 좋은 편이고 아기도 크지 않아서 자연분만을 하게 될 가능성이 높다고 설명해주었다(물론 진통 중 분만 진행 실패로 수술할 수 있다. 얼마 전 우리 병원의 데이터를 살펴보니 8~12퍼센트였다).

그런데 그녀가 갑작스러운 골반통 때문에 서 있을 수도 없어 분만장에 온 것이다. 만삭 임산부가 갑자기 못 걸을 정도라면 치골(양쪽 골반뼈가 인대로 연결되어 만나는 방광 앞쪽 부분) 관절이 벌어졌을 가능성이 크다. 아픈 부위를 짚어보라고 하니 결국 치골이다. 어떤 행동을 한 뒤에 많이 아파졌냐고 물었다. 주변 이웃이 많이 걸어야 순산할 수 있다고 해서 임신 39주에 30분이 넘도록 러닝머신에서 걷고 요가를 했다고 한다. 결국 심한 운동으로 치골관절 인대가 갑자기 늘어난 것이다. 탄식이 절로 나왔다.

"아니, 지난번에 내가 노산이지만 여러 조건이 좋아서 순산할 가능성이 크다고 이야기했는데 운동을 왜 무리하게 했어요?"

아마도 임산부는 의사의 이야기보다 운동해야 순산을 할 수 있다는 이웃의 이야기를 더 깊게 받아들인 듯하다. 임신 중 적절한 운동은 좋다. 다만 운동을 많이 하면 좋은 사람이 있고(비만한 사람), 가급적 안정을 취하는 것이 좋은 사람(쌍태임신이나 심폐질환이 동반된 임산부)이 있다. 즉 제각각이다. 그러니 담당 의사와 상의해 내가 어떤 사람인지 알고 하면 된다.

결국 그녀는 순산했지만 벌어진 골반뼈 때문에 여전히 걸을 수 없었다. 엑스레이검사에서 골반뼈는 2.6센티미터 벌어진 것으로 나왔는데(정상은 1.0센티미터 이내), 이 정도면 최소한 한 달은 제대로 걸을 수 없다. 두 달은 지나야 원래 상태로 돌아올 가능성이 크다. 두 달간 정상적으로 보행할 수 없다는 것은 사실 큰 문제다. 움직임의 제한으로 혈액순환에 영향을 받아 폐색전증과 같은 합병증이 생길 가능성이 높아지기 때문이다.

병원의 국제진료소를 통해 가끔 외국인 임산부를 진료하는데 외국인이 많이 쓰는 표현 중 하나가 'My doctor(내 의사)가 전에 뭐라고 하더라'는 말이다. 물론 문화와 언어 표현이 다르고 의료 시스템도 다르니 우리나라와 비교할 수는 없겠다. 나는 우리나라 환자 중에서 '우리 의사 선생님'이라는 표현을 쓰는 사람을 별로 못 봤다. 그보다 자신의 이웃 또는 인터넷을 통해 알게 된 정보를 담당 의사와 상의도 하지 않고 실행에 옮긴다. 또한 한 의사의 설명과 권유사항을 듣고도 병원을 쇼핑하듯 돌면서 '그 의사(One doctor)'가 한 말이 과연 맞는지 틀린지 '또 다른 의사(The other doctor)'에게 묻기도 한다.

얼마 전에는 첫째 임신 때 사산의 과거력이 있는 임산부가 두 번째 임신으로 방문했다. 사산이 된 특정 원인이 있었느냐고 물어보자 말했다.

"주변 사람들이 계단을 오르내리면 진통이 온다고 해서 계단으로 20층까지 올라갔는데 그 뒤에 배가 너무 뭉치고 아팠어요. 결국 병원에 갔더니 태반조기박리되어 아기가 잘못되었다고…."

아니, 계단을 오르내린다고 진통이 걸린다면 이 세상에 유도분만이라는 게 없어졌겠지. 의사의 충고보다 옆집 사람의 이야기를 경청하는 임산부들… 도대체 왜 이러는 걸까.

모르는 게 약, 아는 게 힘?

우리나라 속담에는 '모르는 게 약'이라는 말이 있다. 알게 되더라도 해결책이 없을 때 해당되는 말이 아닐까 싶다. 반면 영국의 철학자 프랜시스 베이컨은 '아는 것이 힘'이라고 말했다. 이 말의 의도는 인간이 자연에 대한 지식을 충분히 쌓았을 때 비로소 자연을 지배할 수 있다는 점을 강조하기 위한 말이었다고 한다.

임신과 출산에 대한 일은 '모르는 게 약'일까, '아는 게힘'일까. 의사들은 대부분 의학적 사실, 특히 합병증과 관련된 내용을 환자와 보호자에게 어디까지 설명해야 하나 끊임

없이 고민한다. 내 기준으로 모르는 게 약인 경우는 현재 환자가 알아도 현 상황을 개선을 시킬 수 없는 것이 아닐까 싶고, 아는 게 힘인 경우는 앎으로써 상황을 개선시킬 수 있는 내용이 아닐까 생각한다.

여러 원인에 따른 것이겠지만 최근에 나이가 많은 임산부뿐만 아니라 비만한 임산부가 너무나 많아지고 있다. 그런데 나이가 증가하면 임신 합병증이 증가한다는 것은 비교적 잘 알려진 반면, 비만도가 임신 경과에 미치는 영향은 잘 모르는 경우가 많다. 그 학문적인 사실을 이 글을 통해서 밝히고자 한다. 만약 이 글을 읽기 시작하는 사람이 임신과 출산에 대해 '모르는 게 약'이라고 생각을 한다면 더 이상 이 글을 읽지 않기를 권한다. 그러나 '아는 게 힘'이라는 사고를 가지고 있다면 이 글은 예방의 차원에서 도움이 되리라 생각한다.

참고로 이 글에 나오는 모든 결과와 숫자는 산과학 교과서 《Willams Obstetrics》와 산부인과 주요 저널에 실린 것들을 인용한 것이다. 옛날 산과학 교과서에는 비만을 다룬 장이 없었지만, 이제는 이미 하나의 장으로 실려 있다. 그만큼 임산부의 비만도와 산과적 합병증이 중요하게 연결되기 때문이다.

비만은 임신과 출산의 전 기간에 걸쳐서 위험 요인으로 작용한다. 비만할수록 배란이 잘 안 될 확률이 높고, 이에 따라 난임의 빈도가 증가한다. 구체적으로 임신 전 체질량지수(체중을 키의 제곱으로 나눈 값)가 $30kg/m^2$ 이상인 경우 가임력이 떨어진다고 알려져 있다. 또한 비만한 여성은 임신이 되더라도 유산의 확률이 증가하고 습관성유산의 빈도도 증가한다. 비만한 여성에게 조산의 확률이 높아진다는 것도 이미 잘 알려져 있는 사실이다.

임산부 약 28만 7,000명을 대상으로 한 외국의 대규모 연구 결과에 따르면 임신 전 체질량지수가 $30kg/m^2$를 초과하는 비만인 경우 체질량지수가 $20{\sim}24.9kg/m^2$로 정상인 경우에 비해 임신성당뇨의 빈도가 3~3.6배 증가했고, 임신중독증의 발생빈도는 2.1배 증가한 것으로 보고되었다.

또한 비만한 경우 지연임신의 빈도가 1.7배 증가한다. 즉 예정일이 어느 정도 지났는데도 자발적인 진통이 안 걸리는 경우가 증가한다는 것이다. 따라서 비만한 임산부는 유도분만을 해야 하는 상황이 더 빈번하게 발생할 수밖에 없고, 바로 이러한 이유로 '유도분만을 하면 제왕절개수술로 갈 확률이 증가'하는 것이다.

부연 설명하자면 만약 비만한 임산부가 '유도분만을 하

면 수술로 갈 확률이 증가한다면서요?'라고 질문하면 나는 맞다고 대답한다. 그러나 정상 몸무게인 임산부가 '유도분만 하면 수술로 갈 확률이 증가한다면서요?'라고 질문하면 나는 아니라고 이야기한다. 의학적으로는 이를 교란 변수라고 한다. 결국 비만한 임산부는 응급제왕절개수술을 할 가능성이 1.7~1.8배 증가한다.

비만한 임산부는 임신 중 또는 출산 후 감염 관련 합병 증의 빈도가 증가한다. 구체적으로 출산 후 골반염의 빈도 가 1.3배 증가하고 요로감염의 빈도는 1.4배 증가한다. 수술 후 수술 부위 감염의 위험도도 2.2배 증가한다. 비만한 임산 부는 몸무게 4.5킬로그램이 넘는 거대아를 낳는 빈도가 2.4 배 증가하고, 안타깝게도 자궁내태아사망 빈도도 1.4~1.6배 증가한다. 체질량지수가 $25{\sim}29.9\mathrm{kg/m^2}$에 해당하는 과체중 인 경우에도 위와 같은 합병증이 증가한다.

한편 비만한 임산부의 주요 합병증으로 혈전증이 있다. 임신 중에는 혈액순환이 원래 잘 안 되기 때문에 다리에 혈 전이 생기거나 이 혈전이 폐동맥을 막는 폐색전증의 빈도가 증가한다. 이러한 혈전색전증은 임산부 1,000명 중 1명꼴로 발생하나 비만한 경우에는 이러한 위험도가 점차적으로 증 가한다. 즉 임신 전 체질량지수가 $25.0{\sim}29.9\mathrm{kg/m^2}$로 정의되는 과체중인 경우에는 1.6배 증가하고, 30~34.9kg/m²로 정의되는 1단계 비만인 경우는 2배, 35.0~39.9kg/m²로 정의되는 2단계 비만인 경우 2.3배, 체질량지수가 40kg/m²를 넘는 경우 혈전증의 위험도는 5.4배 증가한다. 특히 혈전색전증은 모성사망 원인의 약 10퍼센트를 차지하는 주요한 원인이기 때문에 절대적인 빈도는 높지 않더라도 임신 중, 특히 출산 뒤 매우 주의해야 하는 합병증이다. 더욱이 최근에 결혼 연령이 늦어지면서 시험관임신을 하는 경우도 늘고 있다. 시험관임신은 이러한 임신 중 혈전증 증가(약 2.2배)와 연관된 것으로 알려져 있다.[9]

이외에도 비만한 산모는 수술 시 마취에 따른 합병증의 빈도가 증가된다. 척추마취가 기술적으로 어려울 수 있고, 척추마취가 잘되지 않아 전신마취를 하게 되더라도 전신마취에 따른 모든 일반적 합병증이 증가한다.

이 글을 쓰기까지 몇 년을 고민했다. 그러나 최근에 경험한 몇몇 심한 비만 임산부를 보고 이제는 더 이상 '임신과 출산 그리고 비만도의 관계'는 '모르는 게 약'이 아닌, '아는 게 힘'이라는 쪽으로 충분히 확신할 만하다고 여겼기에, 어느 금요일 밤 이 글을 적는다.

부록

의학 상식

01

유산

산부인과 의사로서 가장 건네기 힘든 말을 꼽으라면 단연 "안타깝지만 유산되었습니다"라는 말이다.

유산의 빈도는 전체 임신의 10~15퍼센트로 발생하고 임산부의 나이가 많을수록 증가한다. 난자와 정자가 만나서 하나의 개체를 이뤄가는 과정에서는 수많은 유전적, 생물학적 장애물이 있다. 임상적 임신(즉 초음파에서 아기집이 보이는 경우) 이전에 유산되는 경우도 꽤 있는데 이를 생리적 유산이라고 한다. 임신반응검사를 시행해보지 않았다면, 임신인 줄 모르고 그냥 생리로 알고 지나갔을 임신이다.

한 번 자연유산을 경험하는 부부에게 꼭 해주는 설명이 있다. 자연유산 원인의 50~60퍼센트는 태아의 심각한 염색체 이상에 기인한다는 것은 의학적으로 이미 잘 알려져 있다는 것이다. 태아의 심각한 염색체 이상 대부분은 부부의 염색체 이상과는 무관하다. 또한 단 한 번의 자연유산으로 다음 임신에서 자연유산의 빈도가 더 증가되지는 않는다. 따라서 자연유산을 한 번 경험한 상태에서는 유산 원인에 대한 검사 등이 필요하지 않다.

습관성 유산의 정의는 일반적으로 세 번 연속 자연유산이 된 경우다. 다만 임산부가 35세 이상이거나 부부가 난임을 경험한 경우, 태아의 심박동이 명확하게 관찰되다가 유산된 경우는 두 번의 유산으로도 습관성 유산에 대한 검사를 요하기도 한다. 대강 숫자로 설명한다면 한 번 자연유산이 될 확률은 10~15퍼센트, 두 번 자연유산될 확률도 비슷하다가, 세 번 연속 자연유산할 확률은 20~30퍼센트로 증가한다. 그러나 거꾸로 생각하면 두 번 연속 자연유산되더라도 다음 임신의 성공 확률은 70~80퍼센트가 된다는 것을 알 수 있다.

습관성 유산에 대한 검사로 일반적으로 부부 염색체검사와 자궁 기형 여부에 대한 초음파검사, 기타 피검사(항인지질항체증후군 등)가 있으며 이러한 검사로 원인이 밝혀지는 경우도 있지만, 확률적으로는 원인 불명인 경우가 더 많다. 그러나 다행히 원인 불명이어도 다음 임신의 성공률은 약 70퍼센트에 이른다. 그러므로 쉽지는 않겠지만 너무 조바심을 내지 않는 게 좋다.

02

조산

조산이란 임신 37주 이전의 분만으로 정의된다. 병력 청취를 하다 보면 첫째를 조산했는데, '예정일보다 2주 빨리 낳았다'라고 표현하는 경우가 있다. 이는 잘못된 표현이다. 예정일보다(임신 40주 기준) 3주 이상 일찍 출산이 이뤄지는 경우가 조산이다.

조산의 빈도는 전 세계적으로 약 8~10퍼센트로 알려져 있다. 우리나라에서는 2018년 기준 7.78퍼센트로 총 25,202명이 조산했다.[10] 우리나라는 급격한 출산율 저하에도 불구하고 고령 임산부의 증가, 시험관임신의 증가, 다태임신의 증가 등으로 조산아의 상대적 분율뿐만 아니라 절대적인 수도 증가했다(2000년 우리나라에서 조산아 수는 23,919명이었고 조산율은 3.77퍼센트였다).

조산의 원인은 크게 세 가지로 나눈다. 진통이 일찍 시작되는 조기진통이 반 정도를 차지하고, 양수가 미리 터지는 조기양막파수가 약 30퍼센트의 원인을, 그리고 모체-태아 원인으로 인한 조산이 약 20퍼센트를 차지한다. 모체-태아 원인이란 임신중독증 또는 자궁내태아발육지연 등으로 임신 기간을 더 연장하는 것이 임산부와 태아에게 불리하다고 판단해 이른 분만을 결정하는 경우다.

한 번 조산하면 다음번 임신에 조산의 빈도가 증가한다. 산모 15,863명을 대상으로 한 연구에 따르면 첫 번째 임신에서 34주 이전 조산한 경우 다음 임신에서 또 34주 이전 조산할 확률은 16퍼센트로 증가했고, 두 번 연속 34주 이전 조산한 경우, 다음 임신에서 41퍼센트에서 조산했다.[11] 따라서 조산 과거력이 있는 경우 다음 임신은 고위험 임신으로 관리할 필요가 있다.

지금까지 전 세계적으로 조산의 재발을 줄이기 위한 많은 연구가 있었고 그중 효과가 입증된 방법은 임신 14~16주부터 시작하는 프로제스테론 호르몬 치료다. 프로제스테론 치료의 방법은 매일 질정을 사용하는 경우도 있고, 일주일에 한 번 주사제의 형태로 투여받는 경우도 있다.

그러나 어떠한 치료도 조산의 위험도를 0퍼센트로 만들 수는 없다. 일반적으로 프로제스테론 치료에 의한 조산 예방 효과는 약 50퍼센트로 보고되었다(반밖에 못 줄인다고 생각할 수도 있겠지만 의학적으로는 매우 의미 있는 수치다. 참고로 암 환자의 생존율을 50퍼센트 증가시키는 항암제는 매우 효과적인 치료제로 간주된다). 조산 재발을 줄이기 위한 프로제스테론 치료의 적응증은 조기진통 또는 조기양막파수로 조산을 한 경우에만 해당되고(이러한 조산을 자연조산이라고 한다) 임신중독증 같은 모체-태아 원인으로 일부러 분만 시기를 앞당긴 경우에는 해당되지 않는다.

조산에 관한 수많은 연구에도 불구하고 조기진통이나 조기양막파수가 발생하는 명확한 원인은 밝혀져 있지 않지만, 이 중 일부에서 자궁내감염이 중요한 원인을 차지한다는 사실은 이미 잘 알려져 있고 그 빈도는 조기진통에서 25~40 퍼센트, 조기양막파수에서 30퍼센트로 보고되었다. 조기진통이나 조기양막파수가 발생했을 때 가능한 한 임신 기간을 연장을 목표로 하는 것은 맞지만, 자궁내감염이 의심되는 상황에서는 태아가 감염 환경에 노출될 가능성이 있으므로, 이른 주수에도 분만을 서두르게 된다.

자궁내감염을 진단하는 가장 정확한 방법은 양수검사를 통해서 염증의 상태를 직접 파악하는 것이다. 그러나 검사가 침습적이라는 단점이 있고, 양막파수로 인해 양수감소증이 매우 심해서 뽑을 양수가 거의 없는 경우에는 차선책으로 임산부의 혈액검사 또는 임상 증상을 통해서 간접적으로 알아보는 방법이 사용되기도 한다.

조기진통은 자궁수축이 규칙적으로 있으면서 대개는 자궁 경부의 변화가 동반된 경우다. 때로는 자궁 경부가 닫혀 있고 변화가 없으면서 자궁수축이 동반되는 경우가 종종 있는데, 이러한 경우를 영어로는 'Braxton Hicks contraction(우리말로는 생리적인 자궁수축이라고 해석하는 것이 적절할 것 같다)'라고도 한다.

조기진통에 대한 치료는 자궁경부의 변화를 동반한 규칙적 자궁수축이 있다면 수축억제제를 투여하고, 실제로 분만이 거의 임박한 경우 태아의 폐 성숙을 돕기 위한 주사를 맞는 것이다. 조기양막파수라면 이러한 치료와 함께 산도(질)를 통한 상행 감염을 예방하기 위한 항생제 치료가 추가된다. 조기양막파수의 경우는 보존적 치료를 하다가 일반적으로 34주 이후에는 분만을 하는 쪽으로 결정한다. 그러나 산모에게 열이 나는 등 자궁내감염이 의심되는 상황에서는 분만을 서두르는 쪽으로 결정한다.

반면 조기진통의 경우에 조기자궁수축이 있다고 해서 모두 조산을 하는 것은 아니다(이는 앞서 언급한 생리적인 자궁수축과 병적인 자궁수축의 감별이 어려운 점과도 연관이 있다). 조기자궁수축이 어느 정도 조절되고 안정이 된 후에는 퇴원을 고려할 수 있다. 우리나라 22개 대학병원에서 조사한 조기진통 산모 약 1,000명을 대상으로 한 연구에 따르면 입원해서 치료받았던 산모 중 약 55퍼센트가 결국 조산을 하지 않고 퇴원했다.[12]

조기진통이나 조기양막파수로 입원한 임산부와 보호자에게 가장 많이 받은 질문 중 하나는 아기가 몇 킬로그램이면, 또는 몇 주 이상이면 인큐베이터에 안 들어가냐는 것이다. 이러한 질문에 답하기는 참으로 곤란한데, 그 이유는 신생아중환자실에 입원을 하더라도 인큐베이터에 들어가는 경우도 있고 그렇지 않은 경우도 많기 때문이다. 따라서 의학적으로 의미 있는 질문은 신생아중환자실에 입원을 해야 하는가뿐이다.

쉽게 설명하자면 34주가 넘은 상황에서 산모가 아기를 혼자 돌볼 수 있을 정도로 신생아의 모든 장기가 성숙했다면 신생아중환자실에 입원을 요하지 않을 수도 있다. 그러나 그렇지 않다면 이 아기는 입원, 즉 의료진에 의한 모니터링과 치료가 필요하다. 의사의 관점에서는 이 조산아가 어느 정도로 자발호흡이 되지 않는 상태이며, 인공호흡기 치료를 요하느냐 아니냐가 중요한 의학적 판단 기준이 된다.

조산아는 만삭아에 비해 여러 합병증이 발생할 가능성이 높다. 조산아는 출생 뒤 자발호흡 능력이 만삭아보다 떨어지므로 인공호흡기 치료를 받아야 하는 신생아호흡곤란증후군의 빈도가 증가하고, 각종 장기가 아직 성숙하지 못한 경우가 대부분이며 면역력도 약해서 감염에 취약할 수밖에 없다. 또한 아주 이른 조산으로 이렇듯 긴 치료 기간을 잘 견뎌서 퇴원한 아기의 폐가 약하거나 추후 신경발달과정에 이상이 증가하는 것이 사실이다.

그러나 조산을 했다고 모두가 건강하지 않은 것은 절대 아니다. 의대 예과 때부터 알고 지낸 오랜 친구인 한 대학병원의 산과 교수는 32주에 조산아로 태어났다. 이 선생님이 68년생이니, 지금보다 신생아중환자실의 치료 수준이 낮을 수밖에 없었다는 점은 충분히 이해하고도 남는다. 그래서 가끔 너무 불안에 떠는 임산부에게 이 교수의 이야기를 해주기도 한다.

앞서 언급한 조산아의 합병증은 출생 주수, 몸무게, 감염 동반 여부, 출생 후 치료 등에 따라서 너무나 다양하므로 미리부터 겁을 먹을 필요는 없다. 부모가 걱정한다고 해서 합병증의 예후는 달라지지 않는다. 오히려 지나친 걱정과 조바심은 당사자뿐만 아니라 의료진에게도 부담으로 작용하는 경우가 많다. 어려운 상황일수록 부모의 긍정적 태도는 합병증의 예후, 아기의 성장에 지대한 영향을 끼친다.

기억에 남는 어느 산모가 있다. 개인병원을 다니다가 갑작스러운 조산기로 우리 병원에 전원되었고 임신 24주에 조산을 했다. 그런데 이러한 상황에서 산모와 보호자는 별 질문도 없고, 늘 밝은 표정이었다(나는 이 산모를 마음속으로 토끼라고 불렀다. 토끼같이 밝고 귀여웠다). 이처럼 밝은 산모의 에너지는 이후 몇 달 동안 신생아집중치료실을 오가면서 의료진에게도 전달되었다. 그뿐만 아니라 퇴원 후 아기에게도 고스란히 전해졌을 것이다. 이후 2년 정도 있다가 그녀는 둘째를 가져서 내원했는데, 큰애의 상태를 물어보자 "잘 크고 있어요, 선생님, 근데 발달은 약간 느린 것 같아요"라고 밝게 (토끼같이) 웃으며 답했다. 역시 긍정의 힘을 느낄 수 있었다 (결국 이 산모는 둘째를 만삭에 분만했다).

태어난 지 2년이 지난 아기는 다 성장한 것이 아니다. 발달을 계속 지켜봐야 한다. 지금은 좀 느린 것 같아도 앞으로 더 좋아질 수 있는 것이다. 중요한 것은 부모의 믿음이고 긍정적인 사고라고 생각한다.

그 믿음의 대상에는 의료진도 포함된다. 산부인과에 입원해 있을 때나 아기가 신생아중환자실에 입원 중일 때 유독 더 불안해하고 더 질문이 많고 더 걱정이 많고 심지어 더 의

심이 많은 부모가 있다. 솔직히 이러한 경우는 여러 상황이 비교적 더 안 좋아지는 경우가 많음을 대부분의 산부인과와 신생아 의료진들이 경험한다. 의료진에 대한 신뢰는 모든 예후를 좋게 만드는 중요한 요인이라는 것을 강조하고 싶다.

　내게 VIP란 돈이 많은 사람도 아니고, 어디 사장님도 아니고, 더 많이 배운 사람은 더더욱 아니다. 나와 함께 일하는 의료진을 신뢰하는 사람이 더 마음이 쓰이고 잘해주고 싶은 사람이다.

03

자궁경관무력증

자궁은 크게 체부(body)와 경부(cervix)로 나눈다. 체부는 주로 근육층으로 구성되어 아기집이 위치하는 곳이고, 경부는 질과 체부의 연결 부위에 해당한다.

자궁경관무력증은 유산 또는 아주 이른 조산의 원인으로 작용한다. 일반적으로 자연유산의 위험 시기를 지나 임신 14주에서 24주 사이에 자궁수축이나 별다른 증상이 없으면서 진찰 시 자궁 경부가 이미 열린 것이 관찰될 때 자궁경관무력증으로 진단된다. 간혹 전조증상으로 갑자기 질 분비물이 많아지는 경우도 있기 때문에 이러한 증상이 생기면 병원을 방문해 진찰을 받는 것이 좋다.

자궁경관무력증으로 진단되었을 때, 즉 양막이 자궁 경부 밖으로 돌출된 경우에 대한 치료는 이러한 증상이 발생한 임신 주수와 양막의 돌출된 정도(경한 정도부터 심한 정도까지 다양하다)에 따라 달라진다.

이른 임신 주수에 양막이 자궁 경부의 바깥쪽으로 빠져서 이미 질 쪽으로 많이 내려온 경우라면 이 태아를 생존아 출산까지 끌고 갈 가능성은 매우 낮다. 이때 '모 아니면 도'의 심정으로 시행하는 수술이 바로 응급자궁경부봉합수술이다. 양막이 이미 질 쪽으로 많이 빠진 상태에서 수술 성공률은 50퍼센트 정도에 그친다. 질 쪽으로 빠진 양막을 자궁 경부를 통해서 자궁 안으로 밀어 넣는 과정에서 양막이 터져버리는 경우가 꽤 있는 데다 더 중요한 이유는 자궁경관무력증의 상당수에서 이미 자궁내감염이 내재되어 있기 때문이다. 자궁 경부를 묶어도 잠재된 자궁내감염은 결국 진행해 수술뒤 양수가 터지거나 진통이 와버리는 상황이 된다.

그럼에도 자궁내감염이 동반되지 않고 양막의 돌출이 아주 심한 경우가 아니라면 응급자궁경부봉합수술은 생존 능력이 없는 시기의 태아를 생존 능력이 있는 시기로 끌고 갈 수 있는 거의 유일한 선택이 되는 경우가 많다(이미 태아의 생존 능력이 어느 정도 확보된 주수에는 수술을 시행하지 않는 경우가 일반적이다).

첫 임신에서 이미 전형적인 자궁경관무력증(여기서 전형적인 자궁경관무력증을 강조하는 이유는 조기양막파수 또는 조기진통으로 유산 또는 조산을 한 경우에는 그 자체만으로 다음번 임신에 자궁경부봉합수술의 적응증이 아니기 때문이다)의 증상으로 유산 또는 아주 이른 조산을 한 경우에는 다음번 임신에서 아기집이 무거워지기 전인 임신 12~14주 사이에 수술을 시행하게 되고, 이러한 경우 아주 이른 조산(33주 이전의 조산)을 피할 확률은 약 87퍼센트로 보고되었다.[13] 간혹 자연조산(조기진통 또는 조기양막파수로 인한 조산)의 과거력이 있는 임산부가 금번 임신에서 이른 임신 주수에 자궁 경부의 길이가 매우 짧아져서 자궁경부봉합수술의 적응증이 되는 경우도 있다.

이상하게 우리나라에서는 인터넷 카페에서 자궁경관무력증을 두고 임산부들이 이야기를 많이 나누는 것 같다. 자궁경관무력증은 조산의 원인 중 10퍼센트를 차지할 뿐인데,[14] 조산의 원인 중 절반가량을 차지하는 조기진통이나 30퍼센트를 차지하는 조기양막파수[15]에 비해 과장되어 있다. 자궁경부봉합수술은 이 수술을 처음 했던 의사의 이름을 따서 영어로 맥도널드(McDonald)수술이라고 한다. 이를 인터넷 카페에서 맥수술이라고 부르는지 가끔 외래에서 임산부가 '맥수술을 받으러 왔다'고 이야기하곤 하는데, 세종대왕을 '세대왕'이라고 부르는 듯한 어색함이 느껴진다.

어떠한 수술이든 부작용이 없는 수술은 없다. 따라서 자궁경부봉합수술을 포함해 어떠한 수술이든 적응증을 잘 따져서 신중하게 결정하는 것이 중요하다. 가끔 '도대체 이 수술을 왜 한 것일까'라고 생각되는 사람이 수술 후 합병증으로 전원되어 오는 것을 경험한다.

자궁 경부에 묶어놓은 봉합사를 제거하는 시기는 대개 진통이 오기 전인 임신 35~37주 정도인데, 이는 묶어놓은 상태에서 진통이 갑자기 강하게 오는 경우에 드물지만 자궁 파열 또는 수술 부위인 경부가 찢어질 수 있기 때문이다. 따라서 가진통이 빈번하게 나타나서 진통이 일찍 시작될 확률이 있고 병원까지의 거리가 멀다면 좀더 이른 주수에 봉합사를 제거할 수도 있다.

외래에서 봉합사 제거를 시행하기 전 임산부가 하는 흔한 질문이 '봉합사를 제거하면 바로 아기가 나오지 않느냐'는 것이다. 전혀 그렇지 않다. 임신 37주면 태아의 머리 크기는 이미 9센티미터 이상이다. 9센티미터나 되는 아기의 머리가 진통 없이 나올 수는 없다. 즉 진통이 와야 출산이 이뤄진다.

임신 37주에 봉합사를 제거하고 39주를 넘기는 임산부 대부분이 이제는 또 진통이 언제 오냐고 물으면서 아기가 더 커지기 전에 빨리 낳고 싶다고 한다. 어찌되었든 이는 행복한 고민이다.

04

임신중독증

임신중독증은 전자간증이라고도 부른다. 이는 일반적으로 임신 중 혈압이 높아지면서 단백뇨가 동반되는 상황으로 정의된다. 임신중독증의 빈도는 약 6~8퍼센트를 차지하며 전 세계 모성사망 원인의 10~20퍼센트를 차지하는 중요한 질환이다. 2014년 〈더 랜싯〉에 따르면 2013년 전 세계에서 임신중독증으로 인한 사망은 29,275명으로 보고되었다.[16] 우리나라에서도 2013년도에 분만취약지에서 근무하던 여군이 임신중독증으로 사망한 사실이 밝혀지면서 분만취약지에서 임산부의 건강이 얼마나 위협을 받는지가 언론의 주목을 받은 적이 있다. 임신중독증은 초기에 증상이 없기 때문에 정기적인 산전 진찰과 이에 따른 조기진단이 매우 중요하다.

임신을 하면 병원에 갈 때마다 거의 비슷한 일을 반복하는데 바로 혈압을 측정하는 일이다. 참고로 병원은 일반적으로 임신 28주까지는 4주에 한 번, 36주까지는 2주에 한 번, 그 이후는 일주일에 한 번 방문할 것을 권장한다.

특히 임신 36주 이후 일주일에 한 번 병원에 가는 가장 중요한 이유 중 하나는 바로 혈압이 높아지는 상황을 진단하기 위해서다. 흔히 고혈압 자체는 증상이 없다. 심하게 혈압이 높아져서 두통이 발생하기 전에는 임신중독증의 증상이 없는 것이다. 그러나 두통이 발생한 상황은 이미 심한 임신중독증이다. 임신하면 혈압은 일주일 만에도 갑자기 높아질 수가 있기에 임신중독증의 조기진단을 위해서는 정해진 산전 진찰을 잘 받는 것이 중요하다.

임신중독증이 임산부의 건강을 위협하는 구체적 이유는 혈압이 높아지면서 뇌출혈이 발생하거나 경기(발작)가 일어날 수 있기 때문이다. 앞서 언급한 여군은 뇌출혈로 인한 사망으로 밝혀졌다.

이처럼 임신중독증은 임신했을 때 발생할 수 있는 중요한 질환인데, 다행히 우리나라의 경우 분만취약지를 제외하고는 의료 접근성이 비교적 좋은 편이고, 오전에 개인병원에서 진료를 보고 혈압이 높으면 오후에 대학병원에서 진료를 볼 수 있는 나라라 임신중독증으로 인한 모성사망의 비율은 전 세계 수치인 10~20퍼센트보다 낮다. 우리나라에서 임신중독증으로 인한 모성사망은 2009년부터 2014년까지 6년간 전체 모성사망 원인의 5.5퍼센트를 차지했다.[17] 참고로 2018년 우리나라 전체에서 발생한 모성사망은 총 37건이며, 그중 임신중

독증을 포함한 고혈압성 질환으로 인한 사망은 3건이다.[18]

외래에서 혈압이 높고 단백뇨가 나와서 임신중독증이니 입원하는 게 좋겠다고 설명하면, 임산부는 당장 느끼는 증상이 전혀 없기 때문에 "꼭 입원을 해야 되나요? 안 하면 안 되나요?"라고 질문하는 경우가 많다.

당연히 입원이 필요하다. 임신중독증은 갑자기 악화될 수 있는 질환이다. 안타깝게도 이 상황을 잘 이해하는 임산부와 보호자는 별로 없다. 아침에 혈압이 140/90mmHg이라 하더라도 몇 시간 뒤에 혈압이 160mmHg으로 치솟을 수 있는 질환이고, 160mmHg 이상이면 임산부가 매우 위험한 상황이므로 응급 혈압약 투여를 고려해야 한다.

만약 혈압이 높아서 바로 입원하라고 했는데 임산부가 병원에서 바로 입원 수속을 하지 않은 상태에서 경기를 일으켰다면 이는 과연 누구의 책임일까?(실제로 이러한 일이 발생한 적이 있다)

결론적으로 임신 중 의미 있는 혈압의 증가가 새로 발견된 상황에서는 반드시 입원이 필요하다. 다만 입원한다고 해서 바로 분만을 하는 것은 아니다. 모든 질환이 그렇듯 임신중독증도 다양한 스펙트럼이 존재한다. 먼저 입원한 뒤 임산부의 혈압 추이와 증상, 혈액검사, 소변검사 등을 통해 임신중독증이 얼마나 심한지 판단한다. 심한 임신중독증은 그 자체로 임산부뿐만 아니라 태아의 건강도 해치므로 대개 바로 분만이 필요하지만, 경한 임신중독증이라면 임신 주수를 고려해 중증의 증상과 징후가 발생하는지 집중적으로 관찰하면서 당연히 임신 기간을 연장하기 위한 보존적 치료를 한다. 이러한 치료 방침은 이른 주수에 발생한 임신중독증에 적응증이 된다. 만삭 가까이에 발견된 임신중독증은 더 이상 시간을 끌 이유가 없다. 태아가 충분히 성숙했기 때문이다. 따라서 바로 유도분만 등을 통한 분만을 시도한다.

첫 임신에서 임신중독증을 경험한 경우, 다음 임신에서 임신중독증이 재발할 위험도에 대해서 흔히 질문을 한다. 임신중독증은 초산모에서 발병 빈도가 증가되는 질환이기는 하지만, 첫 번째 임신에서 임신중독증이 발생한 경우 두 번째 임신에서 재발할 가능성이 증가한다고 잘 알려져 있다. 그러나 100퍼센트 확률로 재발하는 것은 아니다. 과거 임신중독증이 얼마나 이른 주수에 발병했는지, 또 얼마나 심한 임신중독증이었는지, 임산부가 원래 고혈압과 당뇨, 신장질환 등 임신중독증의 위험인자가 되는 기저 요인을 가지고 있는지에 따라서 다르다. 이른 주수에 발병할수록 다음 임신에서 재발률이 증가한다. 예를 들어 임신 30주 이전에 임신중독증이 발병했다면 다음번 임신에서 재발률은 40퍼센트로 증가하고, 임신중독증으로 37주에 분만한 경우는 재발률이 23퍼센트인 것으로 알려졌다.[19]

자연조산(조기진통과 조기양막파수로 인한 조산)의 재발을 막기 위해서 프로제스테론이라는 호르몬 치료가 권장되듯이 임신중독증 재발을 막기 위해서는 저용량 아프피린 제제를 투여해야 한다. 이는 이전 임신에서 심한 임신중독증이 발생한 경우 금번 임신에서 임신 12주부터 적어도 임신 28주까지의 복용을 주로 권하며, 이러한 치료로 임신중독증의 재발이 약 50퍼센트로 감소하는 것으로 보면 된다. 또한 임신중독증이 있었다면 장기적으로 고혈압 위험인자가 있다고 보기 때문에 주기적으로 자신의 혈압을 주의 깊게 살펴야 한다.

결론적으로 임신중독증은 산전 관리를 통한 조기진단이 중요한 질환으로 궁극적인 치료는 분만이기에 태아의 성숙도와 임산부의 중증도를 고려해 적절한 분만 시점을 결정함으로써 임산부와 태아의 건강을 호전시킬 수 있는 질환이다.

그러나 의료 접근성이 떨어지면 어려운 상황이 벌어질 수 있다. 2016년 동티모르에 의료봉사를 갔을 때 현지 의료진에게 요청받은 강의 제목이 임신중독증이었다(그만큼 후진

국일수록 임신중독증으로 인한 임산부와 태아의 위험부담이 크다는 간접적인 증거다). 당시 강의를 준비하며 의료자원이 부족한 나라에서의 임신중독증 예방과 치료에 대한 자료를 조사하다가 마이크로소프트사의 빌 게이츠가 빌앤드멜린다재단(Bill and Melinda foundation)이라는 자선 단체를 만들었고, 이들이 최우선으로 지원하는 과제가 의료 후진국 임산부의 임신중독증 예방과 치료 사업이라는 것을 알게 되었다.

임신중독증의 발생 기전은 아직까지 명확히 밝혀져 있지 않다. 그 때문에 산과학에서 매우 중요한 연구 주제로 지금도 많은 연구가 활발히 진행 중이다(나도 기초 연구로써 임신중독증의 발병기전과 예방 관련 연구를 수행 중이다). 지금까지 전 세계 연구에서 중요하게 밝혀진 사실은 임신중독증은 임신 초기 태반의 형성 과정이 잘 이뤄지지 않아 결국 자궁으로 가는 혈류가 저하되어 태아는 성장이 지연되고, 임산부는 이에 대한 보상 작용으로 혈압이 높아진다는 것이다. 이러한 질환의 발생기전 탐구와 예방에 대한 연구는 인공지능이 대신하기 어려울 것 같다. 산부인과적으로 중요할 뿐 아니라 전 세계 모자보건학적으로 중대한 이 질환에 대한 연구를 지원하는 외국 경영자의 과감한 결정과 재단의 존재가 매우 부러웠다.

　　　임신성당뇨

　임신성당뇨란 임신을 해서 처음으로 진단받는 당뇨로 정의된다. 그러나 가끔은 임신 전에 당뇨가 있었는데 모르고 지내다가 임신해서 알게 되는 사람도 있다.

　임신성당뇨로 진단된 임산부에게 처음 해주는 이야기는 빈도에 대한 것이다. 임신성당뇨의 빈도는 5~10퍼센트로 알려져 있고 2018년 우리나라 건강보험심사평가원 자료에 따르면 임신성당뇨가 합병된 임산부의 수는 34,178명으로 임산부 약 10명 중 1명이었다.

　이토록 흔한데, 유독 당뇨가 진단되었다는 사실에 스트레스를 받는 임산부가 많다. 산전에 모든 검사가 정상으로 나올 거라고 기대했기 때문이기도 하고, 모든 일에 있어서 극단이 되고 싶지 않은 인간 본성의 반영인 것 같기도 하다.

　임신성당뇨의 진단 과정은 두 단계를 거치는 방법도 있고 한 단계로 진단하는 방법도 있다. 먼저 두 단계 진단법은 임신 24~28주 사이에 금식과 무관하게 50그램 당부하검사(포도당 50그램을 마시고 한 시간 뒤 채혈한다)를 통해 선별을 하고, 특정 수치 이상으로 혈당이 증가했다면 금식 후 채혈을 4번 하는 100그램 당부하검사를 한다. 이 중 수치 2개가 기준 이상으로 상승하면 임신성당뇨로 진단한다. 한 단계로 임신성당뇨를 진단하는 75그램 당부하검사도 금식 후 검사이며 총 3번 채혈해야 한다.

얼핏 보면 한 단계로 검사하는 방법이 더 좋을 것 같다고 생각할 수도 있겠으나, 이 방법의 단점은 모든 임산부가 금식을 하고서 검사해야 한다는 점이다(임신 중 금식은 참으로 힘든 일이다). 두 단계 방법은 금식을 하지 않고 고위험군을 먼저 '선별'한 후 확진검사로 들어가는 것이 장점이다. 두 가지 방법 중 어떠한 방법으로 임신성당뇨를 진단할 것인지는 나라나 병원마다 다르지만 현재 우리나라에서는 두 단계 방법을 더 많이 쓴다.

임신성당뇨에 대한 정보는 인터넷에 비교적 왜곡 없이 자세하게 나오고 임산부들도 병식(insight)을 가지고 있는 경우가 대부분이다. 사실 '임신성당뇨가 태아, 신생아 또는 임산부에게 미치는 영향'이란 주제는 의대생에게 시험 족보와도 같고 많은 연구 항목이 있다. 나는 이렇듯 많은, 두 자릿수를 넘어가는 합병증을 과연 임신성당뇨가 막 진단된 임산부에게 하나도 빠짐없이 이야기해야 하는지 늘 고민한다. 따라서 다른 질환에 대해서는 인터넷을 찾아보는 것을 권하지 않지만 당뇨만큼은 인터넷을 찾아보라고 하고, 중요한 것만 이야기하겠다고 미리 말한다. 그리고 중요한 것은 임신성당뇨를 잘 진단하고 관리해 치료하면 임신의 경과는 임신성당뇨가 없는 경우와 비슷할 수 있다는 사실이며, 진단이 잘 안되거나 알고도 조절을 잘 못하면 아기에게 안 좋을 수 있다고 설명한다. 개인적으로는 당뇨 조절이 안 되는 경우에 생길 수 있는 중요한 문제 네 가지 정도만 강조해 이야기하는 편이다.

첫째, 아기가 커질 수 있다. 그런데 이 경우에 태아의 머리보다 몸통이 상대적으로 더 크게 되어 질식분만 시 견갑난산의 위험도가 증가할 수 있다.

둘째, 아기가 만삭에 태어나더라도 호흡 기능이 미약해 신생아중환자실에 입원해야 하는 신생아호흡곤란증후군의 발생빈도가 증가한다.

셋째, 당뇨가 조절이 안 되어 거대아로 태어나면 출생 후 소아당뇨의 발병 빈도가 증가한다. 즉, 엄마 배 속에서의 건강이 아기의 장기적인 예후와 관련되므로 임신성당뇨의 산전 관리가 중요한 것이다.

마지막으로, 당뇨가 잘 조절되지 않으면 드물지만 34주 이후 태아가 자궁 속에서 잘 못 버티는 상황(사산)이 일어날 가능성이 증가한다고 알려져 있다. 따라서 태아의 움직임이 의미 있게 감소한다면 반드시 바로 병원에 와야 한다.

실제로 이러한 합병증의 발생빈도는 어떻게 될까? 2006년부터 2015년까지 우리 병원에서 분만한 임신성당뇨 산모 947명을 대상으로 한 연구에 따르면 조산을 제외한 만삭분만에서 4킬로그램 이상의 거대아 출산 빈도는 4.2퍼센트였고, 신생아중환자실 입원율은 2.9퍼센트였으며, 견갑난산은 0.3퍼센트(이는 1.5퍼센트로 보고된 미국의 자료보다 낮았다), 신생아호흡곤란증후군은 0.5퍼센트로 비교적 드물게 발생했다.[20] 임신성당뇨에서 조산율은 약 17퍼센트였는데, 이는 임신성당뇨에서 증가하는 임신중독증(이 연구에서는 8퍼센트에서 발생함)과 관련된다. 이 연구에서 소아당뇨의 빈도는 평가할 수가 없었다(이런 자료가 제시된다면 많은 도움이 되겠지만, 이런 장기 추적 결과를 연구하기는 쉽지 않다. 무엇보다 아기에 대한 10년 이상의 추적에는 부모의 동의 과정이 선행되어야 하는데 이는 현실적으로 쉽지 않다).

혈당 조절은 어떻게 해야 할까? 첫 번째 단계로는 식사와 운동으로 1~2주 정도 조절하고, 목표 혈당에 잘 도달하지 못하면 인슐린을 투여한다.

인슐린 투여를 결정하는 시점에서 가장 많이 받은 질문 두 가지를 꼽으라면 단연 "인슐린이 아기에게 해가 되지 않나요?"라는 질문과 "임신 중 인슐린을 사용하면 출산 뒤에도 인슐린은 계속 사용해야 된다면서요?"라는 질문이다.

먼저 인슐린 자체는 태반을 통과하지 않는다. 따라서 필요한 상황에서는 인슐린을 사용해서 혈당을 잘 유지를 하는 것이 아기에게 도움이 된다. 인슐린 자체는 당연히 아기에게 해가 되지 않는다. 또한 임신 중 인슐린 사용이 출산 뒤에도 인슐린을 계속 사용해야 하는 원인이 되는 것은 아니다. 임신 중 인슐린을 요하는 경우는 그렇지 않은 경우에 비해 심한 당뇨를 반영하는 것이다. 이 중에는 간혹 임신 전에 원래 당뇨가 있었는데 이를 미리 알지 못했던 경우가 포함되어 있기에 출산 뒤에도 인슐린 치료를 요하는 경우가 많은 것이다. 즉 인슐린은 한번 시작하면 끊지 못하는 약물이 아니다.

간혹 인슐린 주사를 피하기 위해서 정해진 양보다 적은 식사량으로 혈당을 맞추려고 하는 임산부가 있다. 임신 중 고혈당도 좋지 않지만, 저혈당 또한 태아의 성장에 바람직하지 않다. 따라서 당뇨 교육을 받은 후 정해진 칼로리의 식사를 충분히 하는 것이 매우 중요하다.

한편 같은 임신성당뇨라도 임산부의 비만도에 따라서 임신 합병증에 미치는 영향은 다르다. 비만하면 앞서 언급한 임신성당뇨의 거의 모든 합병증의 빈도가 더욱 증가하고, 마른 경우에는 감소한다.

또 초음파로 주기적으로 파악하는 태아의 성장에 따라서 목표 혈당의 조절이 약간은 조정될 수도 있다. 임신성당뇨 자체가 제왕절개수술의 적응증은 아니지만, 조절이 되지 않은 당뇨의 경우 수술 확률이 증가된다는 것은 잘 알려져 있다. 당뇨가 있는 경우는 일반적으로 감염에 취약하므로 간혹 수술 후 상처 부위가 더디게 아무는 경우도 있다.

우리나라의 임산부들은 대개 아기를 위해서라면 힘든 식사 조절과 운동, 인슐린 치료를 매우 잘하는 편이다. 매일 혈당을 체크하는 노력은 직접 해보지 않은 사람은 모를 힘든 일이다.

하루 여러 번 측정한 혈당 수치와 식단을 1~2주 만에 당뇨 수첩에 정성스럽게 빼곡히 적어서 가져오는 임산부들을 보면 많이 칭찬해주고 싶다. 그래서 100점 만점에 100점이거나 간혹 95점(늘 100점을 맞아야 하는 것은 아니니까)이라고, 매우 잘하고 있다고 격려해준다. 그리고 당뇨 수첩을 잘 보관해두었다가 아기가 자라 중학교 2학년쯤 되면 꼭 보여주며 다음과 같이 말하라고 권한다.

배 속에서의 건강이 출생 뒤에도 영향을 미치기에 너를 위해서 엄마가 하루에 4번(간혹 7번이 되기도 한다) 바늘로 손끝을 찔러가며 피를 보고, 그토록 열심히 혈당을 조절했다고.

사실 현재 우리나라에서 임신성당뇨보다 중요하게 여겨야 할 것은 비만이다. 임신과 출산의 관점에서, 진단이 되고 잘 관리 중인 임신성당뇨보다는 그 중요성을 인지하지 못하고 있는 비만이 임산부와 태아에게 미치는 영향이 훨씬 더 크다는 것을 진료 현장에서 느끼고 있다.

비만이 동반된 경우 임신성당뇨의 빈도가 증가하는 것은 말할 것도 없고, 거의 대부분의 임신 합병증이 증가한다. 그뿐만 아니라 당뇨가 없더라도 아기가 몸무게가 큰 경우가 많아져 흡사 임신성당뇨가 동반된 임신처럼 견갑난산의 빈도가 증가하고, 제왕절개수술률도 증가하며, 수술 후 상처 부위도 늦게 아물고, 분만 후 출혈과 혈전증의 위험도도 높다.

힘들지만 우리 모두의 건강을 위해서 이제 살과의 전쟁을 직시해야 한다.

　　　자궁내태아발육지연

　자궁내태아발육지연은 태아의 예상 몸무게가 매우 적은 경우다. 대개는 해당 주수의 몸무게를 순서대로 1부터 10까지 나열해 1에 미치지 못하는 경우로 정의한다. 그러나 단순히 태아의 몸무게가 적은 것뿐만 아니라 태아의 성장 곡선과 양수의 감소, 특히 탯줄 혈류검사 등을 고려해 이 태아가 체질적으로 몸무게가 적은 것인지, 성장지연 요소가 있는지 감별해 자궁내태아발육지연을 판단한다.

　자궁내태아발육지연의 원인은 크게 태반에 있는 경우와 태아 자체의 문제인 경우, 두 가지로 나눈다. 사실 태아의 건강에 가장 중요한 요인은 태반이다. 이는 모체의 혈액이 태반을 통해 태아에게 공급된다는 임신의 생리를 이해한다면 당연한 과정이다. 태반은 모체의 혈액이 토양이 되고, 태아의 혈관이 마치 뿌리가 되어 모체로부터 산소와 영양분을 공급받는 구조다(양파가 물에 뿌리를 내리고 자라는 모습을 상상해보자). 따라서 태반의 기능이 원활하지 않으면 자궁내태아발육지연이 발생할 수 있는 것이다.

20여 년 동안 산과의사로서 일하다 보니 임산부와 태아 질환의 패턴도 바뀌어가는 것을 느낄 때가 많은데, 대표적인 예가 자궁내태아발육지연의 증가다. 내가 산부인과 전공의를 할 때는 체질적으로 아기가 좀 작은 경우(대개 임산부가 작은 경우다)가 많았고 심한 자궁내태아발육지연이 별로 없었던 것 같다. 그런데 이제는 임신 29주인데 태아가 600그램밖에 되지 않는다던지(29주 때 태아의 평균 몸무게는 약 1.3킬로그램) 임신 37주인데 태아가 겨우 1.8킬로그램인(37주의 평균 몸무게는 약 2.8킬로그램이고, 1.8킬로그램은 32주 태아의 평균 몸무게다) 경우를 종종 만난다. 나는 우리나라에서 늘고 있는 자궁내태아발육지연이 임산부의 연령 증가와 함께 생활 습관의 변화 등 환경적인 요인으로 인한 자궁 혈관의 미세한 변화와 관련될 것이라는 생각을 가지고 있지만, 이를 과학적으로 입증하지는 못했다.

어찌되었든 자궁내태아발육지연의 원인을 산전에 명확히 구분하는 것은 불가능하다. 결국 산과적으로 중요한 것은 언제 분만을 하느냐는 것이다.

흔히 심한 성장지연으로 이제는 분만하는 게 좋겠다고 설명하는 순간 임산부는 아기가 작으니 엄마 배 속에서 더 키우면 안 되냐고 질문한다. 자궁 안에서 성장이 양호한 아기라면 당연히 자궁이 좋은 환경이다. 그러나 분만을 고려하는 것은 이미 자궁 내 환경이 좋지 않다고 판단되기 때문이다. 이때는 분만을 하고 나와서 출생 후 성장을 기대하는 것이 좋다.

심한 자궁내태아발육지연 태아의 분만 시기를 앞당기려는 이유는 한마디로 배 속에서 잘못될까 우려되어서다. 9만 1,000명을 대상으로 한 미국의 대규모 연구에 따르면 심한 자궁내태아발육지연(5퍼센타일 이하) 만삭아에서 사산의 위험도는 6배 증가했고, 신생아 사망도 4배 증가했다.[21] 심한 자궁내태아발육지연으로, 이른 임신 주수인데도 분만을 해야 하는 상황은 조산에 따른 위험성보다는 자궁내태아발육지연에 따른 자궁 내 스트레스(대개 이 스트레스는 의학적으로는 산소가 부족한 상황이다)가 큰 상황으로 판단되기 때문이다.

태반 요인으로 인한 자궁내태아발육지연일 때, 출생 뒤에 아기가 가지고 있던 유전적 포텐셜(genetic potential)에 따라서 따라잡기성장(catch-up growth)을 하는 경우가 많다. 자궁내태아발육지연이 있던 아기를 낳고 한 달 뒤 정기 진료로 외래에 온 산모에게 아기의 몸무게를 물어보면, 한 달 전에는 시간을 더 끌고 싶다고(분만하기 싫다고) 이야기하던 산모가 "아기가 나온 뒤 잘 자라서 벌써 몇 킬로그램이 되었어요"

라고 한다. 그러니까 분만이 필요한 상황이라고 이야기했던 거라고 다시 설명한다.

태아 자체의 문제로 인한 자궁내태아발육지연일 때는 산전 초음파에서 다른 장기의 이상 등이 관찰될 수도 있지만, 실제로 그렇지 않은 경우도 많다. 따라서 출생 뒤 신생아에 대한 추가적인 검사가 진행되곤 한다.

이처럼 자궁내태아발육지연이 동반된 임산부가 가장 많이 하는 질문 중 하나는 "그러면 제가 할 수 있는 일은 무엇인가요?"이다. 또는 "제가 많이 먹으면 아기가 클 수 있나요?"라는 질문이다. 이에 대한 대답은 '노(No)'다. 임산부가 체중이 많이 나가는데도 자궁내태아발육지연이 잘 발생하기도 하고, 반대로 임산부는 말랐는데 아기가 잘 성장하기도 한다. 이러한 효율을 결정하는 것은 앞서 언급한 태반의 기능(효율)과 태아 자체의 유전적 포텐셜, 두 가지다. 그동안 삼시세끼를 걸렀으면 모를까.

대신 임산부가 해야 할 중요한 일은 아기의 태동에 신경을 쓰고 만약 태동이 의미 있게 감소하면 빨리 병원에 오는 것이다. 물론 정기적인 검진(경우에 따라 일주일에 두 번이 될 수도 있다)의 중요성은 더 말할 나위가 없다.

07

태아 기형

　임신한 부부에게 가장 힘들게 다가오는 상황은 배 속의 태아가 구조적인 이상이 있음을 산전에 알게 되는 경우일 것이다.

　태아 기형이 의심되어 오는 부부에게 가장 먼저 하는 이야기는 '빈도'에 대한 설명이다. 난자와 정자가 만나서 하나의 수정란이 되고 이어 하나의 개체가 만들어지고 성장하는 과정은 결코 완벽하지 않다. 이 과정은 기본적으로 수많은 세포 분열을 통해서 이뤄지며, 그 과정에서 염색체 이상이 새롭게 발생하기도 하고 특정 유전자 결함이 생기기도 한다. 따라서 태어나는 아기들을 기준으로 100명 중 2~3명 정도는 주된 기형이 발생하는 것으로 알려져 있음을, 즉 태아 기형의 빈도가 생각보다 흔한 일임을 알려준다.

　이러한 태아 기형이 발생하는 원인은 대부분 분명치 않고 일반적으로 임신 중 약물 복용이 원인인 경우는 1퍼센트 미만이다. 실제로 약 27만 명을 대상으로 한 연구에 따르면 (이 중 5,504명의 태아 기형이 발생함) 80퍼센트가 원인 불명이었고, 염색체와 유전자 이상이 각각 15퍼센트와 4퍼센트를 차지했으며 당뇨, 다태임신, 감염이 원인인 경우가 각각 0.6 퍼센트, 0.3퍼센트, 0.2퍼센트, 약물이 원인으로 작용한 경우는 0.1퍼센트에 불과했다.[22] 그러니 임산부가(특히 임신 초기 임신인 줄 모르고 약을 복용한 경우) 불필요한 죄책감을 가질 필요는 없겠다.

태아 기형의 종류는 다운증후군과 같은 염색체 이상을 비롯해 염색체는 정상이더라도 심장 기형이 진단되거나 식도, 소장 등에 이상이 있는 경우가 있으며, 신장이 늘어나거나 낭성 변화로 아예 한쪽 콩팥이 기능을 못 하는 경우도 있다. 또한 구순구개열의 빈도는 1,000명 출생아당 1.7명이다.

태아의 이상을 모두 산전에 알 수 있는 것은 전혀 아니다. 일반적으로 초음파를 통한 태아의 구조적 이상에 대한 진단력은 약 50~80퍼센트로 이는 이상의 종류에 따라 다르다.[23] 산전에 진단하기 어려운 대표적인 이상으로는 단독 구개열(입술 부분은 정상이면서 입천장이 갈라진 경우), 쇄항(항문이 없는 경우), 산전 진단이 어려운 일부 심장질환, 소두증, 일부 대장질환 등이다.

'기형'이라는 단어가 전달하는 불편감이 있기에 나는 대부분 태아의 이상(異常)이라고 표현해 설명하는 편이다. 그래서 그런지 한참 설명을 하고 나서(외래 지연의 주범이다) 마지막으로 궁금한 사항을 질문하라고 하면 "근데, 아기가 기형인 건가요?"라는 물음으로 돌아오곤 한다. 이때는 약간 허탈한 느낌도 든다.

정의상 모양이 이상한 것은 기형이다. 그러니 기형이 맞다. 그러나 현대의학의 발달로 태아의 많은 구조적인 이상, 즉 기형은 출생 뒤 수술적 치료가 가능한 경우가 많다.

먼저 선천성 심장병에 대해 살펴보자. 심장은 발생학적으로 매우 복잡한 구조다. 사람의 심장은 2심방 2심실의 구조로 각 심장에서 대동맥과 폐동맥이라는 양대 혈관이 나온다.

선천성 심질환의 빈도는 출생아 1,000명당 8명 정도로 비교적 흔하다. 태아의 심장질환 중에서는 심실중격결손증(좌심실과 우심실 사이의 중격에 구멍이 있는 경우)과 같이 흔하면서 비교적 단순한 질환도 있고, 팔로 4징(Tetralogy of Fallot)이나 대혈관 전위 등 복잡 심기형에 속하지만 그래도 출생 뒤 적절한 시점에 대개 한 번의 완전교정수술로 완치를 기대할 수 있는 질환도 있다. 그리고 좌심실형성부전과 같이 궁극적으로 심실 2개를 다 사용할 수 없고 심실 1개로 살아가야 하는 단심실수술(일명 폰탄수술)을 해야 하는 비교적 어려운 심기형들도 있다.

그러나 현대의학의 발달로 선천성 심기형에 대한 수술 성적은 매우 향상되었다. 몇 년 전에는 우리 병원에서 단심실수술을 받았던 여성이 임신해서 외래를 방문했고, 건강히 출산하기도 했다.

선천성 심장병을 산전에 진단받고 출생 후 24시간 이내 수술에 들어갔던 아기가 2살이 되었을 무렵, 우리 병원 모아 집중치료센터의 인터뷰에 응한 아기의 엄마와 아빠는 입가에 미소를 머금으며 말했다.

"처음에는 힘들었어요. 나쁘게 살지도 않았는데 내게 왜 이런 일이 생겼을까 하는 생각이 들었고요. 이제는 이 아기가 언제 수술을 받았었지 할 정도로 너무 건강해요. 정말 감사해요."

그렇다. 태아의 이상은 우리가 나쁘게 살았다고 생기는 게 아니다. 한 개체가 만들어지는 과정에서 발생하는 단순한 시행착오일 뿐이다. 물론 모든 태아의 이상(선천성 기형)을 100퍼센트 치료할 수 없는 것은 맞다. 그러나 우리의 삶에 원래부터 100퍼센트라는 것은 없었을 뿐만 아니라 힘든 과정을 거쳐 더 소중한 것을 얻게 되는 것 또한 맞다.

두 번째로 태아의 이상 중 염색체 이상에 대해 알아보

자. 염색체 이상 중 가장 흔한 것은 다운증후군이다. 다운증후군은 2개가 있어야 할 21번 염색체가 3개 있는 것이다. 아직도 많은 사람이 다운증후군을 유전병으로 알고 있는데, 태아가 다운증후군으로 진단되는 상황에서 95퍼센트 확률로 부모의 염색체는 정상이다.

다운증후군 태아는 선천성 심기형이나 십이지장 폐쇄 등의 이상 소견이 동반되는 경우도 있지만, 산전 초음파에서 이상을 보이지 않는 경우가 70퍼센트에 이른다. 초음파 외에 다른 선별검사(대개 모체의 혈액을 이용한다)가 개발된 이유다.

임산부의 나이가 많아지면 다운증후군 위험도가 증가한다는 사실은 이미 의학적으로 잘 알려져 있다. 다운증후군은 일반적으로 800분의 1의 확률로 발생하는 염색체 이상이지만, 임산부의 나이가 20대인 경우에는 약 1,000분의 1, 임산부의 나이가 40세인 경우는 약 100분의 1의 확률로 발생한다.

다운증후군의 산전 진단 과정은 크게 선별검사와 확진검사로 나뉜다. 선별검사는 위험도가 높은지 낮은지를 알아보는 검사고, 확진검사는 실제로 다운증후군에 이환되었는지 아닌지를 알아보는 검사다. 선별검사로 최근까지 비교적 가장 많이 이용된 검사는 모체 혈청을 이용하는 쿼드검사(quad test)와 통합선별검사(integrated test) 등이 있다. 쿼드검사는 약 16

주에 채혈을 한 번 하고, 통합선별검사는 임신 12주와 16주에 두 번 채혈하는 검사다. 선별검사로서의 능력은 통합선별검사가 높기 때문에 요새는 대부분의 산부인과에서 이 검사를 시행한다.

최근에 검사가 계속 발달하면서 모체 혈액에 존재하는 태아의 DNA를 가지고 다운증후군의 위험도를 계산하는 검사가 개발되었고, 임상에서 시행이 증가하고 있다. 이를 NIPT 검사(non-invasive prenatal test, 태아 DNA 선별검사라고도 한다)라고 부른다. NIPT 검사가 기존의 쿼드검사 또는 통합선별검사에 비해 다운증후군을 선별하는 능력(나는 이를 늘 거르는 '체'에 비유한다)이 향상된 것은 맞다. 그러나 이 검사 또한 확진검사는 아니라는 사실과 NIPT 검사에서 고위험군으로 분류되더라도 실제로 양수검사 등을 통한 확진검사에서 정상으로 나올 수도 있다는 점을 잘 이해해야 한다.

참고로 NIPT 검사에서 고위험군으로 분류되어 양수검사를 시행했을 때, 실제로 다운증후군으로 나올 확률은 임산부의 나이와 관련이 있어 25세인 경우 51퍼센트, 35세인 경우 79퍼센트, 40세인 경우 93퍼센트로 높아진다.[24]

이처럼 선별검사에서 고위험군으로 분류된 경우 산전에 확진검사를 원한다면 양수검사를 고려할 수 있다. 그러나 현재 우리나라의 법적 상황을 고려했을 때 다운증후군임을 미리 안다고 해서 출산 때까지 달라지는 것은 없으므로 굳이 침습적인 확진검사를 원치 않을 수도 있다. 이는 전적으로 임산부와 보호자의 선택에 달린 것이다.

흔히 많은 사람이 다운증후군에 대한 선별검사를 '기형아검사'로 이해하는데, 이는 잘못되어도 한참 잘못된 것이다. 산전 진단 과정에서 '기형아검사'라는 것은 없으며, 염색체 이상 중 가장 흔한 다운증후군에 대한 몇 가지 선별검사와 확진검사(양수검사와 융모막검사가 이에 속한다)가 있는 것이고, 태아의 구조적인 이상을 살피기 위한 초음파검사가 있을 뿐이다. 그리고 태아의 기능적 부분은 산전에 어떠한 검사로도 미리 알 수 있는 방법이 없다.

다운증후군은 실제로 어떠한 질환일까? 우리나라에서는 거의 모든 임산부가 다운증후군에 대한 선별검사를 시행하고 있다. 그러나 정작 우리는 다운증후군에 대해서 얼마나 자세하게 알고 있을까? 돌아보고 반성할 필요가 있다.

다음은 영국의 한 웹사이트(www.earlysupportwales.org.uk)에서 제공하는 다운증후군 부모를 위한 안내문에 인용된 내용이다.

"제 이름은 니콜라스입니다. 저는 다운증후군 어른입니

다. 만약 여러분의 첫아기가 다운증후군으로 태어났다면, 아기가 비록 염색체가 하나 더 있다 하더라도 당신과 나처럼 정상적인 사람임을 이해해야 합니다.

다운증후군을 가진 어린이의 삶은 쉽지 않습니다. 그러나 모든 아이의 삶은 결코 쉽지 않죠. 다운증후군이 있는 모든 아이가 다른 어린이들과 같습니다. 자라면서 독립적으로 살아가기 위해 필요한 것들을 배우는 데 약간의 도움이 더 필요하고 가족과 지지자들의 도움이 필요한 것뿐입니다.″

임산부 중에 아기가 다운증후군에 이환된 것을 산전에 알고, 건강하게 임신을 유지해 만삭에 분만한 경우가 종종 있다. 그러나 가끔은 다운증후군이 확진된 후 더 이상 외래에 오지 않는 경우도 있어 임신종결을 한 것이라 추정되는 경우가 있다(물론 이러한 경우가 과거보다 줄고 있다고 느낀다).

부모가 되는 것은 무한한 기쁨인 동시에 책임감이 생기는 일이다. 나는 우리가 부모가 되길 결심한 순간부터 '염색체가 정상인 아기의 부모' 또는 '태아의 구조적인 이상이 없는 아기의 부모'가 되기를 선택할 권리는 없지 않았나 하는 생각이 든다.

08

태반조기박리

태반조기박리도 임신의 매우 중요한 합병증이다. 일반적 빈도는 200분의 1이지만 임산부의 나이가 많을수록 증가하고 고혈압, 임신중독증, 양수과다증, 흡연 등이 위험인자로 작용한다.[25]

태반조기박리는 한마디로 어렵고 급격한 질환이다. 모체로부터 태아에게 혈액을 전달하는 중요한 역할을 수행하는 태반은, 아기가 태어난 후 떨어지는 것이 정상이다. 그런데 태반이 미리 떨어지는 경우가 바로 태반조기박리다. 태아 입장에서는 갑작스럽게 혈액 공급이 중단되니 급격히 안 좋아질 수 있는 질환이고, 산모에게도 심한 응고장애(피가 잘 멎지 않는 상황)가 동반되는 경우가 많다. 이 때문에 태반조기박리는 사산의 중요한 원인 중 하나로 꼽힌다.

태반조기박리의 가장 중요한 증상은 복통이며, 태반의 위치에 따라 질 출혈이 동반될 수 있다. 일반적으로 진통은 규칙성을 가지는 반면(약 30초간 자궁수축으로 아프다가 2~3분쯤 휴지기, 즉 아프지 않은 시간을 갖는다) 태반조기박리로 인한 복통은 지속적인 특징이 있기에 이는 생리적인 자궁수축의 간헐적인 불편감과는 다른 양상이다. 그럼에도 인터넷의 잘못된 정보에 의존해 '배가 좀 아플 수도 있대요'라는 근거도 없고 책임도 지지 않는 문구 하나만을 믿고 병원을 늦게 와서 돌이킬 수 없는 상황이 벌어지는 경우를 종종 보게 된다. 임산부가 한 시간만 병원에 일찍 왔더라면…. 안타까운 순간이 허다하다.

200분의 1의 확률로 발생하는, 그러나 심각한 합병증을 동반할 수 있는 질환에 대해 모든 임산부에게 알리고 주의를 주는 것은 현실적으로 어렵다. 이는 이런 질환이 발생하지 않을 임산부 대부분에게 지나친 걱정을 하게 만들 가능성이 있다.

그럼에도 일반적으로 알려진 태반조기박리의 위험인자를 굳이 나열한 이유는, 이러한 위험인자가 있고 임신의 중기 이후 어느 정도 배가 지속적으로 아픈 통증이 일어나면 지체 말고 병원에 가서 적절한 처치를 받기를 바라는 마음에서다.

*

부록에 인용한 의학적 사실은 산과학 교과서와 산부인과
주요 저널에 발표된 것만을 중심으로 인용했음을 밝힌다.
　　간혹 의학 논문 중에서 대상군의 수가 적거나
분석 방법이 적절하지 않아 사실(事實)로 받아들이기
어려운 것도 있기 때문이다.

감사의 글

"2020년은 작년보다도 행복할 거예요. 엄마, 너무너무 사랑해요."

새해 첫날, 큰딸 민영이가 불쑥 내민 새해 카드의 마지막 글귀였다. 이 카드를 읽는 순간 나는 이미 그 어느 순간보다 행복해져 있었다. 대학병원의 산과 교수로서 진료뿐만 아니라 연구와 교육, 각종 학회 활동 등으로 몸을 쪼개고 싶은 생각이 드는 순간이 한두 번이 아니었다. 그런 매 순간에 두 딸, 민영이와 서영이는 나를 앞에서 이끄는 쌍두마차 같은 원동력이고, 늘 묵묵히 일하는 남편 이상민 교수는 내가 뒤로 넘어지지 않도록 뒤에서 지지해주고 밀어주는 고마운 지원군이다. 아빠는 내가 어디로 가야 할지를 알려주는 표지판이셨고, 늘 '하늘은 스스로 돕는 자를 돕는다'는 이야기를 수백 번 넘게 해주신 엄마는 나에게 긍정의 유전자를 물려주셨다. 아이들이 어렸을 때 돌봐주신 시부모님, 언니, 오빠는 나의 영원한 응원군이다.

가르쳐야 하는 의과대학 학생, 산부인과 전공의, 전임의 들은 나를 자극하는 존재다. 특히 늘 잔소리를 듣고 혼나면서도, 환자의 옆을 늘 지키고 있는 산부인과 전공의 친구들은 이 책에 나오는 많은 에피소드의 주인공이다. 같이 팀을 이루는 동료 교수들은 나이를 막론하고 나 혼자 맘속으로 '친구'라고 여기고 그들을 만나고 있음을 고백한다.

이 책을 마무리하면서 내가 혼자가 아닐 수 있도록 이끌어주고 있는 모든 사람과, 나를 믿고 따라준 수많은 고위험 임산부에게 감사의 마음을 전하고 싶다.

참고 문헌

---

01 ——삼성서울병원 공식 블로그 http://blog.naver.com/ohhappysmc/2204393-49241

02 ——Kim M, Lee HJ, Choi SJ, Oh SY, Roh CR, Kim JH. An extremely rare case of hand prolapse with preterm premature rupture in the membrane of one twin. Obstet Gynecol Sci 2018;61(3):413-416.

03 ——Cresswell JA, Ronsmans C, Calvert C, Filippi V. Prevalence of placenta praevia by world region: a systematic review and meta-analysis. Trop Med Int Health 2013;18(6):712-24.

04 ——Stoll BJ, Hansen NI, Sánchez PJ, Faix RG, Poindexter BB, Van Meurs KP, et al. Early onset neonatal sepsis: the burden of group B Streptococcal and E. coli disease continues. Pediatrics 2011;127(5):817-26.

05 ——대한산부인과학회,《산과학》6판, 군자출판사, 2019, 493쪽

06 ——Committee on Obstetric Practice. American College of Obstetricians and Gynecologists Committee Opinion No. 697: Planned Home Birth. Obstet

Gynecol. 2017;129(4):e117-e122..

07 ____Hogan MC, Foreman KJ, Naghavi M, Ahn SY, Wang M, Makela SM, Lopez AD, Lozano R, Murray CJ. Maternal mortality for 181 countries, 1980-2008: a systematic analysis of progress towards Millennium Development Goal 5. Lancet. 2010 May 8;375(9726):1609-23.

08 ____Gabbe, 《Obstetrics: Normal and Problem Pregnancies》 6th ed, Saunders, 2012, p. 102.

09 ____Sennström M, Rova K, Hellgren M, Hjertberg R, Nord E, Thurn L, Lindqvist PG. Thromboembolism and in vitro fertilization - a systematic review. Acta Obstet Gynecol Scand 2017 Sep;96(9):1045-1052.

10 ____통계청. 2018년 출생 통계

11 ____Bloom SL, Yost NP, McIntire DD, Leveno KJ. Recurrence of preterm birth in singleton and twin pregnancies. Obstet Gynecol. 2001 Sep;98(3):379-85.

12 ____Hwang HS, Na SH, Hur SE, Lee SA, Lee KA, Cho GJ, et al. Practice patterns in the management of threatened preterm labor in Korea: A multicenter retrospective study. Obstet Gynecol Sci. 2015 May;58(3):203-9.

13 ____Final report of the Medical Research Council/Royal College of Obstetricians and Gynaecologists multicentre randomised trial of cervical cerclage. MRC/RCOG Working Party on Cervical Cerclage. Br J Obstet Gynaecol 1993;100:516-23.

14 ____대한산부인과학회, 《산과학》 6판, 군자출판사, 2019, 562쪽

15 ____Cunningham, 《Williams Obstetrics》 25th ed, CunninghamMcGraw-Hill, 2018, p. 809.

16 ____Kassebaum NJ, Bertozzi-Villa A, Coggeshall MS, Shackelford KA, Steiner C, Heuton KR. et al. Global, regional, and national levels and causes of maternal mortality during 1990-2013: a systematic analysis for the Global Burden of Disease Study 2013. Lancet. 2014 Sep 13;384(9947):980-1004.

17 ____박현수, 권하얀. 한국의 모성사망 원인과 경향 분석(2009-2014). 대한주산회지 2016; 27:110-117.

18 —— 통계청. 2018년 영아사망, 모성사망, 출생전후기사망 통계

19 —— Cunningham, 《Williams Obstetrics》 25th ed, McGraw-Hill, 2018, p. 744.

20 —— Kim M, Park J, Kim SH, Kim YM, Yee C, Choi SJ, et al. The trends and risk factors to predict adverse outcomes in gestational diabetes mellitus: a 10-year experience from 2006 to 2015 in a single tertiary center. Obstet Gynecol Sci. 2018 May;61(3):309-318.

21 —— Mendez-Figueroa H, Truong VT, Pedroza C, Khan AM, Chauhan SP. Small-for-gestational-age infants among uncomplicated pregnancies at term: a secondary analysis of 9 Maternal-Fetal Medicine Units Network studies. Am J Obstet Gynecol. 2016 Nov;215(5):628.e1-628.e7.

22 —— Feldkamp ML, Carey JC, Byrne JLB, Krikov S, Botto LD2. Etiology and clinical presentation of birth defects: population based study.BMJ. 2017 May 30;357:j2249.

23 —— Cunningham, 《Williams Obstetrics》 25th ed, McGraw-Hill, 2018, p. 187.

24 —— Cunningham, 《Williams Obstetrics》 25th ed, McGraw-Hill, 2018, p. 281.

25 —— Cunningham, 《Williams Obstetrics》 25th ed, McGraw-Hill, 2018, p. 768.

태어나줘서 고마워

고위험 임산부와 아기,
두 생명을 포기하지 않은
의사의 기록

초판 1쇄 2020년 5월 7일

지은이 오수영

펴낸이 김한청
기획편집 원경은 이한경 박윤아 이건진 차언조
마케팅 최원준 최지애 설채린
디자인 여만엽

펴낸곳 도서출판 다른
출판등록 2004년 9월 2일 제2013-000194호
주소 서울시 마포구 동교로27길 3-12 N빌딩 2층
전화 02-3143-6478 팩스 02-3143-6479 이메일 khc15968@hanmail.net
블로그 blog.naver.com/darun_pub 페이스북 /darunpublishers

ISBN 979-11-5633-284-8 03810